ANTHOLOGY3 YUI side
果然我的
青春
短篇小
My youth
wrong as I
Anthology3
結衣side

Contents

design:numata rina

果然我的
青春戀愛喜劇
搞錯了。
短篇小說集3
My youth romantic comedy
wrong as I expected.
Anthology3 yui side
結衣side
PONKAN⑧
Ponkan

うがみ
Ukami

U 3 5
Umiko

ク ロ
Kuro

Illustrator's Profile

Ponkan

ponkan⑧／插畫家。負責《果然我的青春戀愛喜劇搞錯了。》、《學生會偵探桐香》、《SHIROBAKO》等作品的人設原案。（彩頁p1）

Ukami

うかみ／作品有漫畫《廢天使加百列》，另外負責《クズと天使の二周目生活》（GAGAGA文庫）的插畫。（彩頁p2-3）

Kuro

クロ／《編集長殺し》（GAGAGA文庫）的插畫家。在《由人氣插畫師巧妙構圖的女高中生萌姿勢集》、《しりだらけ》（一迅社）等書籍中也有提供插圖。（彩頁p6-7、插畫p19）。

Umiko

U35／《青春絶対つぶすマンな俺に救いはいらない。》（GAGAGA文庫）、《コワモテの巨人くんはフラグだけはたてるんです。》（GAGAGA文庫）的插畫家。（彩頁p4-5、插畫p85）

Shirabii

しらび／《龍王的工作！》、《86─不存在的戰區─》等作品的插畫家。（插畫p137）

Sunaho Tobe

戸部淑／《人類衰退之後》的插畫家，另外負責《魔法氣泡》的角色設計。（插畫p165）

Kukka

くっか／《通往夏天的隧道，再見的出口》、《在昨日的春天等待你》等作品的插畫家。（插畫p223）

Ayumu Kasuga

春日步／作品有漫畫《城下町のダンデライオン》（Manga Time KR Comics），另外負責《我，要成為雙馬尾》等作品的插圖。（插畫p275）

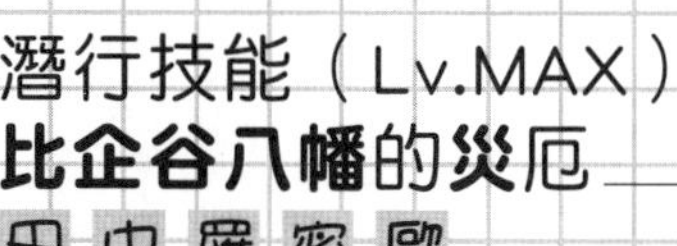

別看牠那樣，**由比濱酥餅**其實很**聰**明。

川岸毆魚

插畫：クロ

七月中旬，終於快放暑假了。

今天星期日，不用上課。

我，由比濱結衣來到千葉港塔附近的公園……

不愧是七月，太陽好大。

雖然有塗防晒乳，感覺還是會晒傷……

那麼，我在這種地方做什麼呢？我正在等人。

至於我等的對象……

是優美子——三浦優美子和川崎沙希同學（姬菜叫她沙希沙希，但我還有點不好意思這樣叫她……）。

總之我在等她們兩個！

約好的時間快到了……

啊，有了！她們正在從車站走過來。

「嗨囉。」

我全力揮動雙手，告訴她們我在這裡。

「喂——優美子、川崎同學，這邊這邊！哈囉哈囉——」

那兩個人應該有看見我在揮手才對，卻一點反應都沒有！

只是默默走在路上！

她們好像是搭同一班電車，一起走向我，兩人之間完全沒有對話……

維持著很難說是「走在一起」的絕妙距離，用差不多的速度移動。

「喂——嗨囉。對不起喔，星期日還特地找妳們出來！」

我又打了一次招呼，試圖炒熱有點尷尬的氣氛，可是……

「我說——為什麼是找我？」

優美子還是老樣子，心情不太好。人一到開口第一句就是抱怨。

「我也想問。為什麼是我？而且是跟這傢伙……」

川崎同學也瞪了旁邊的優美子一眼……

優美子還迅速瞪回去！

空氣中一下就瀰漫火藥味。

嗯——她們關係有那麼差嗎？

總之，我想請她們幫忙的是……

教愛犬酥餅新才藝！

最近酥餅擅自跑掉好幾次，其他人開始懷疑牠是不是有點笨……

酥餅明明很聰明的說……

我不甘心牠繼續被人誤會，所以我要教牠超厲害的才藝，證明牠是個聰明的孩子！順利的話，之後還有件事想拜託她們兩個……

「因為，我一個人教不了酥餅嘛。酥餅是只要有那個心就做得到的孩子。求求妳們——」

我雙手合十，誠心拜託兩人。

「是可以啦，不過——」

優美子似乎還有意見……

「怎麼了嗎？」

「總覺得不太能接受……再說結衣，妳待的社團不就是幫人解決煩惱的嗎？為什麼不去找他們幫忙？」

「因為……酥餅給自閉男添了麻煩，小雪乃……好像不喜歡狗。」

酥餅以前害自閉男受傷過……

之後牠還在小雪乃和自閉男買東西的時候跑去打擾，害我以為他們在交往，把氣氛搞得很僵……

現在好不容易才恢復原本的關係。

就算是我，也不好意思在這個時機跟他們商量酥餅的問題。

要是我拜託他們這種事，自閉男不曉得會怎麼酸我……

那個人超擅長酸人的！

「那為什麼是我和她？找海老名同學不好嗎？用不著找我吧。」

川崎同學直接暴露在夏天的陽光下，看起來有點疲憊。

確實，我在教室大多都是跟優美子和姬菜聊天，川崎同學似乎喜歡獨處，所以我們不常交談。

「姬菜說『沒有阿腐在這個時期不忙的！』所以不行。而且侍奉社幫過妳一次，幫過妳一次！」

我強調這一點，由下往上凝視川崎同學。

她不知為何有點臉紅，移開目光。

「當時我和弟弟都受到你們的幫助……」

「對吧——對嘛——所以我想說這次麻煩妳一下。」

「喔，嗯——」

然而，川崎同學仍在猶豫。

我牽起她的手，有點強硬地緊緊握住。

——再推一把。

「而且，而且，川崎同學溫柔又會照顧人嘛！優美子也是。」

「什麼？我嗎？」

「怎麼我也!?」

她們好像都沒意識到自己很會照顧人，同時目瞪口呆。

「對呀。妳們都是將來會是好媽媽的類型。可以放心把酥餅交給妳們。」

我挺起胸膛斷言。

優美子和川崎同學聽了，面面相覷……

一臉「這傢伙哪可能」的態度。

不過，這句話講出來會立刻反彈到自己身上，所以不能輕易說出口。

先不說這個了，我得趁她們同意（大概同意了吧？）時，趕快介紹酥餅給她們認識！

「那我先來跟妳們介紹。這是我家可愛的狗狗，迷你臘腸犬酥餅。」

我打開放在腳邊的小型犬用外出包。

「喂——酥餅。」

聽見有人呼喚自己的名字，酥餅探出頭來。

牠頻頻抽動小小的鼻子，確認周圍的狀況。

看見這副模樣……

「好可愛！」

優美子和川崎同學展現比剛才更好的默契！

她們個性有點相似的樣子，或許是因為這樣，在班上的關係才會那麼彆扭。可是，可是，正因為個性相似，這種時候的反應會一模一樣！

她們倆好像很喜歡酥餅……

「嘿嘿嘿嘿嘿，謝謝。很高興妳們覺得牠可愛。」

感覺比自己被誇還要開心。

酥餅大概也知道自己很受歡迎，輪流嗅著兩人伸到牠鼻子前面的手。

「喔喔——挺可愛的嘛。所以我們要陪牠做什麼？」

優美子看了酥餅一眼，態度一百八十度大轉變。

整個是願意幫忙的態度！

「想請妳們在公園跟牠一起玩，教牠才藝！」

「好啊好啊——！」

川崎同學也瞬間興奮起來。

看著酥餅的眼睛閃閃發光。

跟平常冷酷的模樣判若兩人。再努力一點眼睛就會真的彈出愛心的等級。

於是……

兩人開始一起幫酥餅特訓！

「然後啊——最基本的果然是丟球叫牠撿回來吧。我想練那個！」

「喔——喔——不錯呀。我贊成。」

「那優美子，可以幫我把這顆球扔出去嗎？」

我將堅固又有彈性，可以咬的狗用橡膠球遞給優美子。

「嗯嗯，我要丟！好——酥餅，去撿回來！」

優美子螺旋狀的捲髮於空中擺盪，擺出帥氣的姿勢扔出球。粉色橡膠球飛向夏天的晴空。

酥餅追著球全速奔跑。

優美子投出的優美慢速球，降落在大約前方十五公尺處的草地上。

「汪！汪！」

酥餅朝那裡猛衝。

短小的前腳和後腳跟漫畫一樣動來動去。

以迷你臘腸犬來說，動作應該算非常快！

牠瞬間抵達球掉的地方。

「汪！汪！」

然後直接從球旁邊經過！

「喂——酥餅！」

牠對優美子的聲音毫無反應，拔足狂奔！

跑得愈來愈遠……

徹底逃掉了！

「等一下——！酥餅——！球在這裡耶！」

我跟著拔足狂奔，追向酥餅。

「真是，竟敢突然逃走。」

川崎同學也跑了起來，繞到前面幫我追牠。

「汪汪！」

「等等——！」

「酥餅！」

「汪！」

我和川崎同學從前後包夾，捕獲酥餅。

我牢牢抱住牠。

哎呀——給大家添麻煩了。

「對不起，優美子。川崎同學。牠跑掉了。」

「啊——大概是因為那個吧？我在酥餅對球產生興趣前就扔出去了。」

優美子很溫柔，直接把責任攬到自己身上，幫酥餅說話。真的是個好人。

而酥餅當然不知道優美子在護著牠，在我懷裡不停哈氣。

我輕輕將酥餅放到優美子前面。

「好——那這次讓牠看球看仔細一點再丟。」

「嗯。」

優美子已經把球拿在手上，似乎是在我和川崎同學追酥餅的期間，自己撿回來了。她比剛才還要慎重許多，再度把球拿到酥餅面前。

「嗅嗅嗅……」

酥餅將小小的鼻子湊近球聞。

從上下左右四面八方，狂聞狂舔優美子的手指和她指間的球。

「喔喔，牠看起來想玩球了耶？」

指尖被酥餅輕輕舔著，優美子很癢的樣子。

她說得沒錯，酥餅對球很感興趣。

值得期待喔。

「好——酥餅，要丟囉，去撿回來！」

優美子扔出球。

橡膠球又一次飛向夏天的天空。

「汪！」

酥餅用比剛才更快的速度跑去追球。

球落在草地上時，酥餅也已經跑到球旁邊，在球彈了一下的瞬間配合它跳起來。

對著空中的球輕輕一躍……

「汪！」

然後逃走了！

酥餅直接從球的上方跳過去！

降落在比球更前面的地方。

「喂——酥餅！你怎麼跳過去了！」

牠對優美子的聲音毫無反應，拔足狂奔！

跑得愈來愈遠……

「等一下——！酥餅——！川崎同學——」

「真是！又來了。」

我和川崎同學也再度飛奔而出。

兩個人一起追著酥餅到處跑。

「汪！」

酥餅好像玩得很開心，左彎右拐地衝刺，逃避我和川崎同學的追捕。

「喂——停下！看不出你跑這麼快！哇！」

酥餅從川崎同學的兩腿之間穿過去。

她嚇得一屁股坐到地上。

好險，川崎同學差點走光！

「呼……呼……酥餅——等等！討厭，不是啦。把球撿回來！」

我好不容易抓到酥餅。

將牠帶回優美子那邊。

優美子手中已經拿著剛才扔出去的橡膠球……

「怎麼是我自己去撿球，不是酥餅啊……」

八成是在我和川崎同學追酥餅的期間，優美子一個人把自己扔出去的球撿回來等我們。

「真、真的耶。對、對不起——」

「妳們還能跟酥餅玩，我可是超寂寞的耶！」

她微微鼓起臉頰，像在鬧脾氣。

有點可愛。

「怎麼會這樣。為什麼牠馬上就會逃走？」

「要不要搜一下？」

由美子拿出自己的手機，輸入「狗　逃走　理由」。

她和川崎同學湊在一起看狗的訓練方式。

好罕見的畫面……

優美子仔細地瀏覽教學網站。

終於抬起頭來。

「結衣，妳叫酥餅回來的時候都怎麼說？」

「咦──？『喂──』或是『欸──』、『來這邊──』、『過來──』之類的。」

「那種叫法，就算是妳媽也不會來……」

川崎同學也有點傻眼。

「果然是叫法的關係吧？妳每次都像那樣用不同的方式叫牠，酥餅聽不懂是什麼意思吧？」

優美子說完，用力點了下頭。

經她這麼一說，還真的……

「喔──！原來如此，優美子，虧妳能注意到。」

我真心佩服，忍不住鼓掌。

「真的，妳比我想像中還聰明嘛。」

川崎同學也表示贊同，然而……

「啥？」

「啊？」

她們突然開始互瞪。

啊——這兩個人關係不太好……

「那個，那個，意思是只要固定好叫法就行了？」

「對。撿球的指示也是。網路上的例子是用『去撿』叫牠撿球，用『回來』叫牠回來。」

「喔喔。好像寵物訓練師。」

總覺得如果是這兩個命令，酥餅應該也記得住……

「好——讓牠練習一下吧。酥餅，去撿。」

優美子把球放在離酥餅兩步的地方，「去撿！」明白地下令。

要先讓酥餅學會「去撿」和「回來」是什麼意思……

不愧是優美子，很會照顧人。在「將來會是個好母親的類型」中排行第一名！

「酥餅，去撿。撿球。ＯＫ，酥餅，去撿！」

她反覆下達「去撿」的指示。

眼前放著一顆橡膠球。

酥餅好像也明白她的用意了……

「汪！」

又逃了！

牠發出可愛的叫聲，掉頭拔腿就逃！

拚命擺動前腳跟後腳，愈跑愈遠！

「酥餅！去撿！不對，回來！」

「汪！」

「汪什麼汪——！去撿！」

結果優美子自己把球撿回來，朝酥餅做出丟球的動作！

酥餅根本不聽！

牠已經跑到三十公尺外了。

「川崎同學……」

「還來啊——？」

她一臉疲憊，最後還是小跑步幫我去追酥餅。川崎同學果然是好人！

「對不起喔——！」

我也從跟川崎同學相反的方向繞過去追酥餅。

「酥餅，為什麼要逃啦。」

川崎同學從另一側慢慢接近。

「真的——！酥餅！不可以逃！要面對困難。」

「跟飼主很像啊。」

「川崎同學，妳好過分，我才不會逃，又不是自閉男。」

「真的嗎！對了，妳跟比企谷怎麼樣了？」

「幹、幹麼突然問這個！什麼叫怎麼樣了！」

「不知道，好奇而已。」

「呃，好奇什麼？我我我我們沒怎樣啊。」

「好，抓到了！酥餅，你這樣不行喔！」

川崎同學在這個時機牢牢抓住鬆餅。

討厭——我還以為要開始聊戀愛話題，有點緊張的說！

結果妳意外冷靜耶！

「可是，這孩子真的跑很快。」

「嗯。牠不是不親人喔。只是不太安分，或者說笨笨的。」

「跟飼主很像啊？」

「啊哈哈哈——這我就無法否認了。」

我們邊聊邊回到起點，一開始在的地方……

「咦——？優美子不見了……」

我四處張望，卻找不到優美子！

「那傢伙也逃了嗎！」

「怎麼會——優美子，回來！妳跑去哪裡了！優美子回來！」

「我不會去追她喔。」

「嗯。就算包夾她，她可能也會靈活地逃掉。別看優美子那樣，她很聰明的。優美子，去撿——！」

「為什麼我要去撿球啊！」

身後傳來優美子的聲音！

轉頭一看，她不知道什麼時候拎了個便利商店的袋子回來。

「我去買這個。」

她從袋子裡拿出骨頭形狀的狗餅乾。

「喔喔，酥餅也喜歡吃這個。」

「我想說還是要給點獎勵吧。」

酥餅似乎也從那個袋子跟骨頭的形狀，看出那是自己喜歡的零食，在川崎同學懷裡聞來聞去，擺動四肢，興奮得不得了。

「噢，酥餅，別亂動……不過，這是個好主意。」

「對吧？」

優美子顯得有些得意。

「沒想到妳那麼貼心。」

「啊？妳在找碴嗎？」

「什麼？剛剛那個哪叫找碴！我在誇獎妳耶！」

「為什麼！現在不是吵架的時候吧！」

酥餅沒學會半點才藝，這兩個人感情也沒變好！

雖然是我自己找她們來的，這禮拜日有點累人耶……

◆

「撿球對牠來說果然還太難了。一時之間辦不到對不對？酥餅。」

「汪！」

川崎同學拍拍牠的頭，酥餅看起來很高興。

「那先從坐下開始？牠會坐下嗎？」

優美子則在摸酥餅的背。

「嗯。坐下這點小事還是會的啦。」

我將一塊優美子買來的骨頭餅乾放在手心，拿到酥餅前面。

接著豎起左手食指在牠鼻尖輕輕搖晃，吸引牠的注意力……

「坐下！」

高聲命令牠坐下！

「……汪！」

酥餅立刻彎起短腿，擺出坐下的姿勢！

——大成功！

「喔喔，了不起。你會坐下呢——好可愛——乖孩子——嗯——真的好可愛——」

牠的可愛在我心中大爆發！

我忍不住抱住酥餅，跟牠一起在草地上亂滾！

「結衣，妳興奮過頭了，語氣都變鮭五郎（註1）了！」

「因為很可愛嘛！優美子，妳有沒有看到？」

「看到了。這點小事就能讓妳樂成這樣啊。」

註1　日本的動物研究家畑正憲的暱稱。畑正憲跟動物說話時會有獨特的語氣。

優美子好像有點無奈。

「那接下來換『等等』了。結衣，酥餅會嗎？」

「嗯——勉強算會？能等個零點五秒左右？」

「那不叫會吧！」

川崎同學立刻吐槽。

酥餅很可愛，所以我每次都當成牠會。

「那先從『等等』練起吧。」

「嗯。」

她點頭贊成優美子的結論。

川崎同學先把骨頭餅乾遞到酥餅面前……

「酥餅，坐下。」

「汪。」

「酥餅，等等！」

用空著的左手叫酥餅不准動。

「汪、汪!?」

新的任務似乎令酥餅不知所措！

牠坐在地上，鼻子前面是川崎同學手上的餅乾。

再加上「等等」的命令。

酥餅忍得住嗎？

牠會乖乖「等等」嗎……？

——跑掉了！

不知為何，牠直接轉頭就跑！

「酥餅，為什麼!?如果你是忍不住去吃，我還能理解！為什麼要跑掉？」

川崎同學嘴上在抱怨，還是跑起來追向鬆餅。

總覺得她已經習慣了。

我也沒特別打信號，自然而然跟川崎同學從前後方包夾酥餅。

「汪！汪！」

酥餅也習慣了，看起來玩得超開心！

我和川崎同學跟酥餅玩了幾分鐘的你追我跑。

好不容易帶著酥餅回去找優美子。

「呼……呼……優美子，久等了。」

我全身是汗。T恤溼答答的。

總是冷靜沉著的川崎同學也坐到草地上，用手巾擦汗。

「欸，怎麼會這樣？牠無論如何都會跑掉！」

優美子碎碎念著將寶特瓶裝的茶扔給我和川崎同學。大概是剛才去便利商店時幫我們買的。

也許就是這種不著痕跡的溫柔，讓她在班上能穩坐女王的寶座。

「謝了……」

川崎同學也乖乖跟她道謝，雖然音量很小。

希望這兩個感情不太好的人，能趁這個機會打好關係。

「總之，集中精神再試一次吧。就算光一次牠記不住，明白地講出命令，練個兩、三次就行了。」

川崎同學豪邁地大口喝著優美子給的茶，吁出一口氣，拍掉黏在屁股上的草站起來。

她比外表看來更有耐性更認真耶……

不枉我找她幫忙。

川崎同學再度將骨頭狗餅乾拿到酥餅面前……

「好，酥餅，坐下。」

「汪！」

又跑掉了！

酥餅全速狂奔！

「退化了！這什麼狀況！」

「跟我說也沒用！」

「牠剛才至少還會坐下！」

川崎同學邊罵邊跑去追酥餅。

可是酥餅也習慣被追了……

牠預測川崎同學和我的動作，不停急轉彎，閃來閃去！

「牠幹麼去學要怎麼逃啦！」

酥餅又在被抓到的前一刻躲掉川崎同學的手！

「優美子，求妳來幫忙。救命！」

我向優美子求救。

「咦——我也要!?」

儘管在發牢騷，優美子還是加入了追捕酥餅的行列，結果變成我們三個一起跟牠玩鬼抓人。

三個女高中生夏天在公園追著一隻狗跑。

畫面是不是有點青春？像運動飲料的廣告？

這個想法瞬間閃過腦海，但我很快就無心去想其他事……

「汪！」

酥餅精力十足。

正在往比上次更遠的地方狂衝。

甩掉我們三個，跑得愈來愈遠……

最後終於消失在視線範圍內。

「汪！」

隱約聽得見酥餅的叫聲。

「呼……」

「呼……呼……」

「呼——咳咳！嗯！」

三名女高中生追著酥餅，運動飲料廣告風的青春度蕩然無存。

酥餅所在的位置是……

將這片草地徹底一分為二的樹林前面。

花圃旁邊。

牠在花圃後面晃來晃去，拚命大叫。

感覺是想告訴我們什麼。

可是花圃裡面還沒種任何植物，只有黑土而已。

「汪！」

酥餅沒有跑進用磚頭圍住的花圃，而是用鼻子輕戳稍後方的地面，又叫了一聲。

優美子目不轉睛地看著牠。

突然在胸前兩手一拍。

好像想到了什麼……

「是那個意思吧？叫我們挖那邊？」

優美子……好夢幻的想法！

「是那個嗎？童話故事？狗叫人挖那塊地，挖開來一看發現有寶藏的劇情？」

「嗯。怎麼？妳沒聽過？」

「啥!?哪可能沒聽過。只不過，該怎麼說……嗯——好吧，有可能。」

川崎同學……意外夢幻的想法！

「哎，先動手挖就對了？」

「酥餅堅持要逃到這邊，可能是因為牠真的感覺到這裡有什麼東西，想告訴我們。」

挖都還沒挖，川崎同學就這麼積極。

「欸，我不認為酥餅有那麼優秀。」

「可是牠一直在叫我們耶。」

「汪汪汪！」

「是沒錯，但牠沒有找寶物的能力，不如說硬要分類的話，牠是隻笨狗……」

「汪嗚？」

唔，酥餅好像有意見……

「總之挖挖看吧。反正是花圃後面的空地。」

川崎同學從地上撿起大小適中的樹枝，立刻挖起花壇後面的地面。優美子也跟著拿樹枝開始挖。

這樣的話，我也不得不動手……

「不曉得會挖出什麼。」

川崎同學全神貫注地挖著，喃喃說道。

「通常會是小判（註2）吧？」

優美子也直盯著花圃。

「千葉挖得到小判嗎？」

「汪？」

「我也不知道，不過江戶時代的千葉也是拿小判當貨幣吧。」

「我記得千葉港公園一帶是人工填海造出來的土地耶。」

註2 江戶時代的金幣。

「啊？妳有意見？」

優美子再次瞪向川崎同學。

「什麼？我沒意見啊。我只是想說江戶時期這裡應該還是海！所以就算挖得到東西也是挖到化石吧！」

川崎同學如此斷言。

「啥？挖到化石妳會高興喔？」

「啊？超高興的吧！」

她們吵得好厲害……

不過兩個人都好可愛！

怎麼有那麼夢幻的吵架方式。

「好了啦好了啦，是酥餅要我們挖的，所以勸妳們別期待。」

「我知道。可是牠叫得那麼厲害，反而會覺得不挖不行吧？」

「不挖反而會更在意。」

明明在吵架，意見卻挺一致的。

「啊哈哈，那就別抱太大的期待吧。」

她們對酥餅的智商抱持那麼大的期望，會害我不安……

總而言之，我們三個挖了三十分鐘左右。

考慮到我們沒有鏟子和鐵鍬，已經算挺能挖的了……

「也沒看見化石……是說，酥餅跑哪去了？」

「咦？」

對喔，從途中開始就沒聽見牠的叫聲！

我急忙環視周遭，哪裡都找不到牠！

叫我們挖這邊，結果牠自己跑掉了！

「討厭，酥餅——你在哪裡？笨酥餅——！」

我呼喚酥餅的名字，決定先回到原本的地方看看。

然後在那裡發現牠……

「啊啊——酥餅吃了一堆狗餅乾！」

優美子看見酥餅，睜大眼睛。

酥餅躺在草地上。

鼻子旁邊是幾乎全空的餅乾袋……

「難道牠是故意叫我們挖土，趁機自己偷跑回來吃餅乾……？超聰明的！」

川崎同學反而佩服起來。

「汪。」

酥餅把頭伸進袋子，咬了一塊餅乾放到川崎同學腳邊。

「是在獎勵我們回來嗎!?好優秀的狗！」

「不不不。酥餅沒那麼聰明！」

「是嗎？我開始覺得牠好像是隻很厲害的狗。」

「真的是巧合啦。」

我是想證明牠其實不笨，有聰明的部分，才教牠學新把戲的，怎麼會變成相反的主張……為什麼？我腦袋也不好，所以想不通……

「我不知道牠聽不聽明啦，但至少可以確定牠不笨。」

優美子苦笑著撫摸酥餅的肚子。

酥餅吃得飽飽的，有點進入放鬆模式。

「啊哈哈，這樣牠光是成功坐下一次就很神奇了耶？」

我有點苦笑。

「可是，也該教會牠了。這樣下去我會先累死。」

川崎同學很累的樣子。

實際上她一直在跑，我也精疲力竭。

而且今天這麼熱。

氣溫大概超過三十度。

要在這種天氣狂奔太熱了。

繼續追酥餅搞不好會昏倒。

得好好告訴酥餅才行。

「酥餅，為什麼一下就要全速跑走……我們體力沒那麼好。你這樣不行啦。」

我嘴上在抱怨，手卻溫柔撫摸酥餅的頭。

酥餅也搖起尾巴，看起來有點高興。

優美子仔細觀察我和酥餅……

「優美子，怎麼了嗎？」

「嗯──我隱約有種感覺。」

「隱約有種感覺……？」

她好像要講什麼重要的事。

「啊──真的是直覺啦，牠是不是看不起我們？」

「咦!?」

優美子突然講出不良少年會說的話，害我忍不住驚呼。

「我的意思是，狗不是上下關係分得很仔細嗎？牠會不會覺得不聽我們的話也沒差？」

她抱著胳膊，看著酥餅的眼神有點凶。

「經妳這麼一說，牠一直跑給我們追，感覺像在玩我們。」

看來川崎同學也贊同優美子的意見。

……的確。

難道酥餅沒把我當飼主？

「酥餅，我跟你說，我是你的主人喔。你懂嗎？」

我用雙手把酥餅抱起來，跟牠視線齊平。

看著牠的眼睛說話。

「汪？」

酥餅歪過頭。

「難道你把我當朋友？」

「汪？」

牠又歪了下頭。

「難道是手下？」

「汪，汪！」

牠有點像在點頭！

優美子仔細觀察我和酥餅……

「啊——牠肯定有點看不起結衣。」

她撥了下華麗的螺旋狀捲髮，用力點頭。

「咦——！優美子，妳不要嚇我。」

「不會有錯。我們對那種事很敏銳的！」

優美子瞄了川崎同學一眼……

川崎同學也頻頻點頭。

……該不會在酥餅心中，全家的地位高低是爸爸、媽媽、酥餅、我？

對喔，媽媽說「等一下」的時候，牠好像等滿久的。

酥餅只有在我叫牠等的時候不會聽！

虧我還覺得自己養牠的時候懷著滿滿的愛，有時有點嚴格，跟牠的姊姊一樣！

把我的鮭五郎之心還來！

我大受打擊，坐倒在草地上。

優美子似乎看不下去了。

「沒辦法。我來教育牠一下。」

「我應該也幫得上忙。」

優美子和川崎同學蹲在酥餅前面。

「酥餅，我們並不溫柔喔。」

「沒錯，如果你不聽話，下場會很恐怖。」

兩人擺出跟不良少年一樣的蹲姿，狠狠瞪著酥餅。

這、這……

雖然我也不知道為什麼，好驚人的魄力。

不愧是優美子和川崎同學。

這叫「霸氣」嗎？比這個的話，她們在班上是第一名和第二名。

但我不想知道誰是第一。

酥餅承受著這股壓力。

「嗷、嗷嗚……汪汪！」

狗好像也感覺到神祕的壓力了。

牠的表情變得有點害怕……

「欸，嚇到酥餅了啦……」

「別擔心，我們也是狠下心來這麼做的。」

大概是在教酥餅理解上下關係，告訴牠要聽話……

「怎麼樣？酥餅，下次會聽話嗎？」

優美子帶著恐怖的表情跟酥餅說話。

「汪！汪，嗷嗚。汪。汪！汪嗷。」

酥餅發出從來沒聽過的叫聲！

感覺像在說「討厭。剛剛那些當然是開玩笑的啊！沒問題啦」。

優美子重新拿起橡膠球，拿到酥餅的臉前面讓牠看清楚。

「汪嗷！」

酥餅聞了橡膠球一次後，露出前所未有的嚴肅表情。

我可能是第一次看牠這麼認真……

「好，那要丟囉，酥餅，去撿！」

優美子明白下達「去撿」的指示，扔出橡膠球。

空中飄著積雨雲。

粉色橡膠球以此為背景，劃出一道拋物線。

「汪嗷！」

酥餅發出聽起來像敬語的叫聲，憑藉四隻短腿飛奔而出。

牠轉眼間追上球，在球落地輕輕彈起的瞬間一口咬住！

……終於成功把球撿回來了。

好棒，酥餅，你好棒！

然後，酥餅叼著球望著這邊。

「酥餅，回這邊，過來，回來！」

優美子大喊「回來」。

酥餅對她的聲音產生反應……

——回來了!?

牠輕快地朝這邊跑過來!

當然還把球叼在嘴裡。

太棒了。太可愛了!

好孩子,酥餅,你真是個好孩子!

酥餅將牠撿回來的橡膠球放在我們三個面前,坐到地上。

抬頭看著兩人……

「汪嗷!」

露出今天最帥氣的表情。

「…………」

「…………」

優美子跟川崎同學仍在維持嚇人的表情,以免被酥餅看不起。

兩人看看球又看看酥餅……

「再試一次好了。說不定只是巧合。這次換我丟。」

川崎同學又扔了一次球。

「汪嗷!」

酥餅咬住球,全速衝回來。

把球放在川崎同學腳邊，帶著帥氣的表情凝視兩人。

「…………」

「…………」

「「幹得好！」」

優美子和川崎同學終於控制不住喜悅之情！

露出燦爛的笑容！

「很棒喔，酥餅。」

「只要有那個心，你還是做得到的嘛。」

她們湊近酥餅，使勁撫摸牠的全身！

肚子、背部、頭部、尾巴根部！

兩個人加在一起，變成兩倍的鮭五郎！

「汪嗷！汪嗷！」

突如其來的肌膚接觸嚇到酥餅了。

牠看起來好像有點不耐煩……

摸了酥餅一遍後，川崎同學對我說：

「太好了。牠終於學會了。」

「嗯，我本來還在擔心呢。謝謝妳們。」

我低頭一鞠躬。

川崎同學全力衝刺了好幾趟，真的很感謝她。

換成姬菜八成會昏倒。

「不會，還滿有趣的。」

川崎同學露出靦腆的笑容。

「牠變得這麼乖，就能放心去家族旅行了。」

「嗯？」

「哎呀——我們一直懷疑酥餅是隻笨狗。如果牠太笨，旅行時也不方便交給其他人照顧吧。」

「喔，對啊。原來如此。」

「所以呀，雖然很突然，下個月放暑假的時候……」

我抬起視線注視川崎同學。

沒錯。這就是順利的話，我想拜託她們的事……

「真的很突然。」

「可不可以把酥餅寄放在妳家幾天？」

「我是沒關係……」

「真的嗎！我本來沒那個打算，但妳們跟酥餅都打好關係了，想麻煩妳們其中一個幫忙照顧牠。」

其實我本來就有那個打算。

事實上，如果有事情的時候有人能照顧酥餅，能減少許多麻煩。

尤其是川崎同學和優美子這種可靠的人，可以放心交給她們。

「好吧，是可以。」

川崎同學一副並不排斥的樣子，順著話題蹲下來想抱酥餅……

「汪嗷！」

酥餅卻躲開了！

「咦？酥餅！」

「汪！汪汪嗷！」

牠顯然在怕川崎同學！

她有點可怕，球我是會撿啦，但我不能接受跟她一起生活。

類似這種感覺。

「啊哈哈，什麼嘛。妳被討厭了！酥餅，來我這邊，別去找那個可怕的大姊姊！」

「汪汪嗷！」

酥餅接著躲開優美子的手，逃到我後面。

大姊妳也很可怕啊！

類似這種感覺。

「哎呀——結果你們感情一點都不好……哈哈哈。」

「怎麼會這樣……我可是為了酥餅才狠下心的……」

「對啊。我也很想只用溫柔的態度對待牠，還不都是為了讓牠去撿球。」

她們超沮喪的！

「對不起！酥餅總有一天也會明白，那是有愛的可怕！」

我急忙嘗試安慰她們。

「狗怎麼可能明白……」

優美子一蹶不振。

「唉唷，就算沒能跟酥餅打好關係，如果優美子和川崎同學關係能變好，我覺得更令人高興……」

「我又不想跟這傢伙關係變好。」

川崎同學馬上補了句沒必要的話！

「對啊。彼此彼此。說起來，我們關係又不差。」

「是啊。」

川崎同學嘀咕道。

「咦，什麼意思？」

「是我們下意識在保持距離啦。妳看，我們個性有點重複到嘛。」

「一點而已。」

川崎同學看起來有點難為情。

原來是這樣啊……

「汪，汪。」

兩個人都有點可怕。

酥餅大概是這個意思。

先不說這個了，看來不能把酥餅交給她們照顧。

還有其他人靠得住嗎？

有嗎？有其他人嗎……？

認識的人的臉在腦中打轉。

害怕狗的小雪乃。

害怕人生的自閉男。

我個人意外合不來的小模。

不知道在流什麼口水的姬菜。

不行。想不到了。

還有誰啊？

自閉男的臉再度浮現腦海。

——對了！

小町！

小町比我小，卻非常可靠，應該也會好好疼愛酥餅。

好，決定了。去拜託小町吧！

順便……

把酥餅帶過去的時候，還要答謝人家……

——汪汪！

酥餅在我心中對我打信號。有種在叫我挖這邊的感覺。

由比濱結衣果然不會做菜。

境田吉孝
插畫：U35

——這件事也沒到事件這麼嚴重。

與此同時，它也是一齣會讓人想帶著調侃意味稱之為「事件」的悲喜劇。

沒什麼大不了。如今回想起來，或許跟我無關。

然而，因為我現在是用回顧過去的角度在看這件事，才講得出這種話。

這個故事不可或缺的登場人物有兩個。

一個是由比濱結衣。

一個是雪之下雪乃。

也就是說，這完全是屬於她們兩個的故事。

黃金週即將到來的五月某一天。

這齣悲喜劇在那天的午休時間揭開序幕。

× × ×

那東西是糊成一團的褐色物體，至少怎麼看都不是能放進嘴巴的食物。

「喂，由比濱？」

「嗯、嗯……」

「……這是什麼？」

我指著放在可愛的粉色便當盒裡的神祕物體X詢問。

「那個，姑且算是……煎蛋捲。大概……」

由比濱回以缺乏自信的答案。

這裡是特別大樓一樓。我每天都會悄悄跑來的午餐地點。

午休時間，我跟平常一樣在吃福利社的麵包，由比濱突然出現在我面前。

『對、對不起，自閉男。有個東西，我想請你幫我看一下……』

她拿出物體X給我看……本人聲稱是煎蛋捲。

「這是，煎蛋捲……？」

我仔細盯著獨自放在便當盒裡的驚悚物體。

順帶一提，所謂的煎蛋捲是把雞蛋打散後加以調味，煎成有厚度的長方形狀蛋料理。別名玉子燒。

為何我現在要重新說明一次這種連幼稚園小孩都知道的常識？因為由比濱帶來的那東西完全不像煎蛋捲。

如果這真的是煎蛋捲，日文會產生扭曲。必須重新定義「煎蛋捲」一詞。得跟金田一京助（註3）先生商量的等級。

在我沉思之時，由比濱可能是受不了這陣沉默，提心吊膽地開口。

「那個，自閉男。你有什麼感想？就，形狀之類的……」

「嗯？喔，這個嘛。我正在吃飯，可以先把它收起來嗎？」

「什麼!?等等，那什麼意思!?這好歹也是食物耶!?」

呃，沒什麼意思啊。那東西對我的視覺造成的摧殘，看了就會喪失食慾，所以我才會講這種話。不如說，那是不是食物都難說喔。

我連忙吞下吃到一半的福利社麵包，重新面向由比濱。

「……所以？那是什麼？到底是發生什麼樣的奇蹟，煎蛋捲才會變身成那副慘狀？」

「唔。你問我我也不知道……」

「啊？不知道？」

註3　日本語言學家。

「因、因為，我按照正常的做法，做出來就變這樣了。正常地打散雞蛋，正常地倒進平底鍋……」

「啊——抱歉。原來這是妳做的啊？那我就能理解了。難怪會變成這樣。」

「欸，你什麼意思!?」

呃，沒什麼意思啊。字面上的意思。

這時，我想起由比濱第一次來侍奉社的那一天吃到的木炭餅乾的味道。那直擊牙齒的鐵礦石般的硬度、刺激舌頭的強烈苦味……

她可是想烤餅乾會鍊成木炭的人。煎個蛋捲變成這樣也是無可奈何。真想送她地獄料理之鍊金術師這個稱號。

「是說，就算退七兆步假設它是食物好了，外表看來與其叫煎蛋捲，更接近炒蛋吧？」

以煎蛋捲來說形狀太不固定，不如說爛成一團。稱之為煎蛋捲有點不夠謙虛喔。講白了點，叫做厚臉皮。

「唔，是沒錯。可、可是，我煎的時候……」

由比濱擺出左手拿空氣平底鍋，右手拿空氣筷子捲蛋皮的動作。

「我想捲蛋皮，卻完全捲不起來……」

「哦——原來如此。」

的確，煎蛋捲最大的難關就是這個步驟。動作太慢的話會焦掉，太急的話蛋液還沒凝固，會被筷子攪爛。

如此反覆之下，就誕生了這塊視覺的暴力。ＳＦ電影裡應該會有這種變形蟲狀的恐怖外星生物。

「嗚嗚……」

仔細一看，或許是我說得太過分了些，單手拿著便當盒的由比濱已經眼泛淚光。

弄哭女生我會良心不安。稍微幫她講幾句話吧。

「呃，不過啊，老實說，比起外觀，食物的重點在味道吧，味道。魚子醬也被當成高級食材，但它怎麼看都是聚集在一起的黑色小蟲。」

「哇，經你這麼一說，好像是這樣沒錯……」

由比濱抖了一下，大概是真的想像出一群黑色小蟲。

然而食物比起外觀，確實是味道更重要，就跟魚子醬被當成山珍海味一樣。納豆也是，章魚亦然。

也就是說，這個物體X只要好吃就行了，理論上來說。

「……可是自閉男，這東西會好吃嗎？」

「……只能賭奇蹟發生了。」

「…………」

看她沒有吐槽，由比濱似乎沒有意見。

我們同時再度望向便當盒。

在陽光下發出詭異光澤的那個叫「煎蛋捲」的物體，散發強烈的恐怖氣息，連嘗一下味道都令人猶豫。

× × ×

——事情的起因要追溯到數日前。

『對了，由比濱同學。妳最近有在下廚嗎？』

午休時間，兩人在社辦和樂融融地吃午餐時，雪之下問了這個問題。

『我記得妳之前說過迷上做菜了。』

雪之下說得沒錯，我也記得由比濱說過這種話。

記得是她來到侍奉社的一段時間過後。

她帶了那個可怕的心形餅乾過來，說要答謝我們幫忙的時候。

——不是啦，你也知道我最近愛上做料理吧？

——哎呀～做料理好有趣喔！下次來試試看做便當吧。啊，到時候小雪乃我們就一起吃午餐！

她應該是這樣說的。

面對雪之下的疑惑，由比濱的回答是——

『咦？做菜？呃……嗯，正在學的感覺？』

順帶一提，她所說的「正在學」是趁母親下廚時偶爾在旁邊看，並不是認真特訓的意思。

由比濱卻不小心得意忘形，講出這種話。

『啊，那那那！下次我幫小雪乃也準備一份便當！放心，別看我這樣，我的廚藝應該進步不少喔！』

雪之下露出帶有略顯不安的表情，最後還是點頭接受她的提議。

『是嗎。我會期待的。』

當時雪之下的那句話、那抹微笑，讓由比濱心想。

絕對要做出美味的便當，嚇雪之下一跳。

一定要回應她的期待。

最後做出來的就是這個「煎蛋捲」。

「呃，妳為什麼要亂扯這種天大的謊話？」

「唔。」

我的吐槽令由比濱整張臉垮下來，用細不可聞的聲音辯解。

「哎、哎唷——那個，我沒有說謊的意思……只是我最近會在旁邊看媽媽做菜，覺得自己也辦得到……」

「啊，有夠膚淺……」

妳是那個吧。在網路上看過遊戲的遊玩影片後，誤以為自己技術也變好了的類型。FPS界常有的類型（偏見）。

「嗚嗚～對不起……」

跟我道歉也沒用。

可是，自己亂說話害雪之下產生期待，由比濱本人應該對這個狀況抱持著罪惡感。雖然根本是她自作自受，有點不值得同情。

「不過如果這東西味道不錯，就能圓滿收場了。從結果上來看。」

「啊！說得也是！如果這東西味道不錯，就能圓滿收場了！從結果上來看！」

——如果這東西味道不錯。

「「唉……」」

我們的嘆息聲完美重疊，彷彿事先練習過。

「……對了，小雪乃看見這個，會有什麼感想呀？」

由比濱的表情變得更加憂鬱。

「因為小雪乃感覺就很討厭這類型的謊言嘛？所以……」

「啊……」

的確，雪之下是以「絕對正義」為座右銘的冷血女。對於這種輕率的發言，態度應該會挺嚴格的。再加上這麼悽慘的煎蛋捲，她看了究竟會用多可怕的毒舌批評它呢。連想像都令人畏懼……

「不、不過這個煎蛋捲可能很好吃啦，有那麼一絲可能性。」

「對、對呀！它可能很好吃！有那麼一絲可能性！」

——有那麼一絲可能性。

換句話說，就是只有一絲可能性。

「好、好！」

事不宜遲，由比濱坐到我旁邊，右手拿起筷子。

看來她終於打算試吃了。是個膽敢賭上些微的勝率，堪稱模範賭徒的女人。

上吧……由比濱想夾起煎蛋捲，幾乎可以說是果凍狀的物體卻從筷子間滑下去。

「…………………………」

太過衝擊的畫面，導致我們面面相覷，啞口無言。

糟糕。剛才滑落筷子的黏稠感。感覺一吃進體內，全身的器官都會出問題。不僅如此，身體還會在不知不覺間被猛毒之類的怪物占據。

「沒、沒問題的。大概沒問題……」

由比濱兩眼泛淚，告訴自己。這麼痛苦的話不吃不就得了……是說被自己做的菜搞得這麼痛苦是怎樣？我嘆了口氣，朝由比濱伸出右手。

「咦？」

「……光吃福利社的麵包不夠。幫妳試個毒也不是不行。」

「自閉男。可、可是……」

儘管不想試毒，我還是再度對一臉愧疚的由比濱伸出右手，幾乎是用硬搶的接過便當盒。

「對、對不起。謝謝你。」

由比濱小聲地說，我對她點了下頭，拿起筷子伸向「煎蛋捲」。

「……」

靈活地把它撈起來。

在緊張的由比濱的注視下，將其灌入口中……

——之後，這起事件（在我心中）被命名為「由比濱手作便當事變」。

關於那個煎蛋捲的味道，我就不多說了。因為想到就會鬱悶。而且難以靠筆墨具體描述。

那一天放學後。在侍奉社社辦。

「……我說，雪之下，假設啊。」

我向一個人在看書的雪之下提問。

「假設有個朋友答應要請妳吃高級法式料理，卻突然給妳吃迷你四驅車的輪胎，妳會怎麼想？」

最後的譬喻部分因人而異，不一定要用「輪胎」，用更具衝擊性的東西當譬喻也無所謂。那塊煎蛋捲的味道，連輪胎都不足以形容。

面對我突如其來的問題，雪之下彷彿在問「怎麼忽然問這個？」可愛地歪過頭。

「當然是跟對方絕交。」

她回答得斬釘截鐵。

我想也是……

×　×　×

關於那塊恐怖的煎蛋捲，由比濱是這麼說的。

『啊——說到便當就是煎蛋捲對吧？然後，我想說煎蛋捲就是要超級甜才好吃。』

『我之前在網路上看到，做煎蛋捲的時候加牛奶，口感會變得更嫩。』

『可是冰箱裡的牛奶用完了，所以——』

——她好像拿了咖啡牛奶代替。

真的是，這個主意太隨便了。「沒牛奶的話加咖啡牛奶就行了嘛。咖啡牛奶是甜的，還能當砂糖用」的這個主意，超隨便也超危險。

給她吃那種東西，雪之下搞不好真的會跟由比濱絕交。

由比濱的料理，味道就是這麼恐怖。

總之，忘掉跟雪之下的約定對她們都好，由比濱的想法卻剛好相反——

『——努力是很好的解決方法，前提是做法要正確。』

雪之下曾經說過。

嗯，很像那女人會說的正確言論。而在這嚴峻的情況下，由比濱似乎想起了她正確的言論。

「努力是很好的解決方法嗎……」

侍奉社的社團活動時間結束，回去時，由比濱在剛好只剩我們兩個的時機突然咕噥道。

「自閉男，我決定了。」

她說。

「我要去特訓，做出讓小雪乃說好吃的便當。」

她握起拳頭，放聲宣言。

「是喔──加油。明天見。」

我冷淡地留下這句話，踏上歸途。

「自閉男!?欸，等一下！」

抱歉，更正。想踏上歸途，衣服下襬卻被用力抓住，遭到阻止。比企谷八幡想帥氣地離開啊……（願望）（註4）

「你為什麼馬上就準備回家!?陪我聊一下又不會怎樣！」

「笨啊。我無論何時都把一切灌注在對回家的熱情上。我想盡快回家。可以的話一步都不想踏出家門。可以的話也不想獨立。」

還有，若要我順便補上一句，我死都不想跟那件事扯上關係。

那個煎蛋捲對我造成的心靈創傷就是如此嚴重。

不如說，接在我後面試吃的由比濱也哭出來了。絕對不能重演那樣的悲劇。

註4　改編自《JOJO的奇妙冒險》中史比特瓦根的名臺詞「我史比特瓦根就帥氣地離開吧」。

「由比濱，仔細聽我說。」

我轉過身去，像在教導孩童似的，溫柔地訴說。

聽好囉？在日本這個糧食充足的社會，大家很容易忘記，饑荒這個嚴重的問題遍布世界。我們在這樣的世界中過著不愁吃不飽的生活，必須要知道自己正在享受十分可貴的幸福。因此，千萬不能浪費食物。營養午餐也要吃完。而妳做的煎蛋捲連對貧困國家中餓肚子的小孩都是會嫌棄「這個好難吃所以我不要」，寧願剩下來的食物，所以妳不能再下廚了。那是為了世界好……

「啊，對了。不曉得能不能再去借家政教室來用，跟之前烤餅乾的時候一樣。去找平塚老師商量看看好了。」

她根本沒在聽。算了，隨便她。反正與我無關。

比企谷二等兵要回基地了。通訊結束。

「咦？你要去哪裡？你也會幫忙吧？」

不不不，您別開玩笑了。我怎麼可能管那種麻煩事。再見啦……想著這次一定要帥氣離去，結果被由比濱硬拖去教職員辦公室的人，就是我。

「哦，比企谷。我很感動喔。想不到你會主動幫忙這種事。原來如此，看來侍奉社的活動多少對你造成了一些正面影響。」

平塚老師簡單問了一下情況，二話不說地同意，笑得很開心。不不不，就說別開玩笑了。我真的會回家。我想回家耍廢。

「不過，這也等於是侍奉社活動的延長賽。你沒有拒絕權。」

我沒有拒絕權嗎……

我垂下肩膀。好吧，早就大概猜到會是這種結局。

×　×　×

我不奢望由比濱做出美味的便當，目標是讓她做出雖然有點不好看，至少還能吃的便當。

於是，朝小小的目標邁進，我想將其命名為「挑戰（舌頭與胃袋的）極限！祕密的由比濱廚房~地獄篇~」的機密任務開始執行……的樣子。我也不知道。

「好！要加油囉！從明天開始！」

「喂，不要開頭就用那種微妙的打氣方式。」

我感到強烈的不安。

話雖如此，既然已經被牽扯進來，我也得認真處理這件事才行。

不是「既然與我有關，就要負起責任」這種帥氣的動機，單純是因為吃這傢伙做的菜可能會危及生命，不認真幫忙的話我會有危險。

× × ×

總之就是這樣，「比濱廚房」終於要開始囉。

隔天，結束侍奉社的社團活動後，我們偷偷到家政教室集合，立刻動手特訓。

「那麼，由比濱老師，今天要做的是？」

我裝成烹飪節目的助手詢問。順帶一提，問問題是可以，但我並不打算當助手幫她切菜。

「那個，這次我想挑戰便當用的迷你漢堡排試試看……」

由比濱拿出從家裡帶來，白天冰在家政教室冰箱的各種材料（絞肉、洋蔥、麵包粉、蛋、其他）放到桌上。我問了一下，她似乎先用 APP 查過了食譜。材料看起來都有備齊。

「好。那我要開始做菜了，你看好！」

於是，開始料理。

我決定先不插嘴，觀察由比濱做菜。

來複習一次漢堡排的做法吧。

①切碎洋蔥，用平底鍋炒熟。

②把絞肉放進碗裡，加入各種食材、調味料和步驟①的洋蔥，仔細拌勻。

③將拌好的肉糰捏成適當大小，拍出空氣。

④用加了油的平底鍋煎熟即可。

一般的漢堡排做法差不多是這樣。

而以下是由比濱實際操作時的步驟。

①把絞肉放進碗裡用水洗。

「——！？！？！？！？」

咦？才第一個步驟而已，那個人在做什麼？把絞肉？拿去？用水洗？什麼？難道這是幻覺？我看見有個智人在那邊洗絞肉，是我腦袋出問題嗎？還是由比濱的腦袋出問題了？

「那個——由比濱同學？」

我開口呼喚她，由比濱用自然的語氣回應「咦？幹麼？」她的反應那麼自然，反而很恐怖。

「那個，我想問一下您現在在做什麼⋯⋯」

「什麼？看就知道了吧？在處理肉呀。」

處理，肉……？用水……？

我因混亂而差點大腦當機，由比濱卻得意地宣言：

「之前媽媽做韭菜炒豬肝的時候，我看到她在洗肉，想說『哦——原來肉要先洗過啊——』嚇了一大跳，然後就記住了。」

怎麼樣？厲害吧？厲害吧？誇獎我吧？由比濱同學用閃亮的雙眼傳達這個意思。

嗯，是啊。豬肝之類的內臟類會洗，因為要把血水洗乾淨嘛。不過絞肉呢？可以洗嗎？絕對不會有好事吧。

……由比濱媽媽，您沒有任何問題。有問題的是令嬡的腦袋。

我非常好奇用洗過的絞肉做漢堡排會怎麼樣，結果大致跟我預料的差不多。

最大的問題在於絞肉被水弄得溼答答，失去了製作漢堡排所需的「黏性」。因此連把肉糰捏成橢圓形都有困難，用平底鍋煎下去，不出所料，轉眼間就散掉了。

結果，留在平底鍋裡的是煎得焦黑，曾經是絞肉的物體……

Q·這是漢堡排嗎？　A·不，是單純的致癌物。

「咦咦!?為什麼!?我明明都照著食譜做！」

最好是。哪家的食譜會叫妳洗絞肉。

我先說，每本食譜的注意事項都不會寫「請不要洗絞肉」，是因為那是用不著說明的常識。

我開不了口直接告訴她，是出於溫柔嗎？抑或只是在逃避現實？

我不認為這個問題會有答案，決定先安慰她。

「……不過看起來有熟透，不是不能吃吧？」

「啊，嗯。對嘛！說不定吃了後會發現滿好吃的！」

不不不，不可能。是說妳笑得那麼開心，但我並沒有誇妳的意思。把肉煎熟連原始人都會。根本不是稱讚……

總而言之，料理完成了，所以接下來準備進入試吃環節。

「其實，今天我找了位幫手。」

我告訴由比濱。

陪由比濱特訓還行，但我對料理的知識還沒豐富到能指導別人。再加上由比濱的失敗作品恐怕會繼續大量增加，只有我們兩個試吃，身心都會撐不住吧。吃太多由比濱做的菜，應該會對身體造成不良影響。

因此，我今天擅自叫了幫手來。不是一般的幫手。是祕藏的幫手，可以說是最強的試吃員。

「咦？最強的試吃員是……」

誰？由比濱話還沒說完。

門瞬間「啪砰——！」一聲用力打開。

現身於門後的龐然大物，是肥胖身軀獨具特色的那男人。

那傢伙在這個季節還穿著大衣，豪邁地掀起衣襬，眼鏡還順便亮了一下。

一跟我對上目光，那男人就用莫名帥氣的聲音說：

「……據聞可以嘗到女生親手做的料理，是這裡沒錯吧？吾之勁敵(摯友)啊？」

——最強的試吃員，材木座義輝，來也。

「嗨哈哈！交給我吧！放心，別看我這麼瘦，多少我都吃得下！我已做好覺悟，女生親手做的菜，就算有點難吃我也能清得一乾二淨!!」

最強的試吃員材木座一登場，就說出這句過度噁心的臺詞。

不過僅限今天，材木座的噁男樣反而讓人覺得很可靠。

「靠你啦，材木座。我們就是在等你這樣的人才。」

「什、什麼!?」

我難得毫不拐彎抹角地誇獎他，材木座瞪大眼睛。

「八、八幡……你、你這麼需要我嗎……？需要這段時間，連母親都有點嫌煩的我……？」

「嗯，現在需要你的能力。你身為劍豪將軍的能力(力量)……」

八幡————!!材木座感動得流下男兒淚。現場氣氛彷彿要我們來個熱情的擁抱，不過還是算了。

呃，因為很熱嘛。男人抱在一起也有點那個。

「所以由比濱，儘管放手去做，放手去失敗。材木座會吃到快沒命為止。」

「咦？喔、喔——嗯。那，我會加油……」

聽我這麼說，由比濱露出超複雜的表情點頭。

如各位所見，材木座開心得不得了，不過，短短一個小時後。

「那個，真的，拜託饒了我……好痛苦……我不想幹了……」

戲劇性的差異。怎麼會這樣？材木座燃燒殆盡了。

不意外。因為由比濱自以為下次一定會成功，挑戰做漢堡排，每當做出地獄般的失敗作品，材木座都會幫忙試吃。

「噗噁！喂八幡，這什麼東西!?有股千萬不能吃下去的可疑味道……啊，不對，唔哈哈。可是，也不至於不能吃啦！」

起初，他還有力氣裝模作樣。

然而隨著由比濱的挑戰次數增加，每吃一次她的失敗作品，堅強的表象就會喀啦喀啦地崩壞。

「……這、這是，那個，嗯，怎麼說呢。嗯。不至於無法入口。肉裡面蘊藏著前所未有的深奧滋味……啊，沒關係我吃一口就好。不用了。（第二次）」

「不吃會死啊我，不吃會死啊我。加油啊我。別輸啊我。不能死在這種地方啊我……（第五次）」

「絞肉…………死……（第十次）」

就是這樣。我判斷材木座是我認識的人中，唯一會樂意接下這個任務，讓他吃由比濱做的菜我又完全不會良心不安的珍貴人才，所以找了他幫忙，現在變成這樣，我心真的很痛。

「抱歉。你今天可以休息了。謝啦……」

這次我不得不發自內心跟他道謝。在我的人生中，竟然會有如此誠懇地感謝材木座的一天，我自己也很驚訝。

「嗚嗚～對不起，中二……」

由比濱本人眼眶也微微泛淚，向他道歉。我說，至少道歉的時候別叫他中二，叫他本名吧。

總之，我必須說任務無法繼續執行。今天是時候撤退了。

是一起非常悲傷的事件……我們懷著憂鬱的心情踏上歸途。

×　×　×

儘管發生了如此悲傷的事，我們可不能因此放棄。要跨越（踩過）材木座的屍體前進。

於是，大受好評，很快就製作了第二集的「比濱廚房」開播囉。

「今天竟然請到一位老師擔任來賓。」

我跟昨天一樣，裝成烹飪節目的助手說道。順帶一提，跟昨天一樣，今天我也沒打算當助手幫她切菜。

「咦？你今天也叫了幫手來嗎？」

「嗯。而且這次跟叫來搞笑的材木座不一樣，是真的找來教人的。敬請期待。」

「啊，嗯。原來你昨天叫中二是用來搞笑的呀……」

哎呀，從結果來看是那樣沒錯，我有什麼辦法呢。

不過，要說的話昨天比較偏實驗性質。補習班的老師也會在上課前先搞清楚學生的程度吧。大概是這種感覺，雖然我也不是很懂。

也就是說，由比濱的料理特訓今天才正式揭開序幕。

「那你說的老師是誰？擅長做菜的人？」

「嗯？喔，我不知道。」

「什麼叫你不知道……」

由比濱當場傻眼。很遺憾，我真的不知道。

我只是懷著「都這把年紀了希望她至少會做菜」的願望才把她找來的。換句話說就是，會做菜又能請到這裡的人才，在我的交友圈內也只剩下她。

「別擔心。我覺得她再怎麼說都至少會做菜。不然感覺真的會沒人要，太可憐了……」

「喂，我聽見了喔，比企谷……」

魄力十足的聲音和家政教室的門拉開的聲音，幾乎在同一時間傳來。

今天的來賓——擔任指導員的平塚老師額頭爆出青筋，殺氣騰騰地瞪著我。

×　×　×

「呃，那個，先跟你說喔？覺得獨居的成年女性全部廚藝驚人，是錯誤的觀念……」

已經得知事情緣由的平塚老師，帶著非常尷尬的表情扯了一堆超像在辯解的理由。

「喔，那這對老師來說果然太困難了嗎？」

「說、說什麼蠢話，比企谷！只不過是不會做菜就覺得太困難，哪還結得了婚！」

「那個，我不是在說結婚……」

我說的太困難是指做菜，不是結婚。

沒辦法，這個年紀對這方面應該會特別敏感，但看到她這麼明顯地表現出焦慮，我都於心不忍了。拜託誰來把這個人娶回家啊，我認真的……

「自閉男，你好沒禮貌！平塚老師單身的時間那麼長，當然會做菜呀！」

「嗚呃！」

由比濱無惡意的幫腔，令平塚老師跟被命中要害的拳擊手一樣跪到地上。

「喂，由比濱。這話題很敏感，不要亂說什麼『單身時間長』這種直指核心的話。老師整個人不行了。」

「咦咦!?呃，誤會！沒有啦，我只是想說老師看起來很能幹……啊——沒、沒錯！老師那麼能幹，就算一輩子都結不了婚也一定沒問題！」

「嗚呃！」

跟開車把人輾過去後倒車再輾一次一樣，被由比濱命中要害的第二支箭射中，平塚老師已經氣若游絲。喂，這傢伙真的想安慰她嗎？還是她其實討厭平塚老師，企圖逼她自殺？

「夠了，別再說了，由比濱。妳沒有惡意，反而更讓人難過……」

看見全身無力的平塚老師，我覺得欺負老師是不對的。句號。

先把這段對話放在一旁。

「那我認真問一下，平塚老師會做菜嗎？」

平塚老師跟剛才判若兩人，自信地回答：

「別小看我了，比企谷。我不知道稱不稱得上擅長，不過《食戟之靈》和《中華一番！》我都有看完全套。」

「這、這樣啊……」

看過的漫畫年代差太多，我強烈感覺到年齡差距。還有我認為看過的料理漫畫跟廚藝之間並無關聯。

「呃，那今天要做什麼？」

「嗯。雖然是基本款料理，做炒飯如何？材料也準備好了。」

「啊——不錯呀。放在便當盒裡的冷掉的炒飯，反而滿好吃的。」

「呵。對吧？放心交給我。」

平塚老師得意地揚起嘴角。

因此，比濱廚房——更正，平廚房開始囉。

「材料是這些。」

平塚老師放在流理臺上的，是「冷凍白飯」、「五花肉」、「EB◯RA黃金烤肉醬」三樣東西。

「咦咦!?這些就是炒飯的材料嗎!?」

由比濱大吃一驚。順帶一提，我也在旁邊「咦咦!?」大吃一驚。

「那個，老師，這該不會是等級非常高的笑話？」

「冷靜點，比企谷。你的反應很正常，不過看好了。它──」

平塚老師以指尖輕敲「EB◯RA黃金烤肉醬」的白色瓶蓋。

「它會為炒飯施展魔法。」

這句臺詞是怎樣？超帥的……這個人昨天絕對先看過《食戟之靈》……絕對是故意背起來留到現在說的……

短短十分鐘後。

「完成。這就是平塚餐館的隱藏菜色『特製EB◯RA黃金炒飯』。」

做好囉！平塚老師將那道「炒飯」放在我們面前。

做法是「用平底鍋煎肉（加一堆烤肉醬）→把飯加進去（加一堆烤肉醬）→裝盤（加一堆烤肉醬）」，大致跟我預料中的一樣，十分隨便。窮困的男大學生或飛特族感覺就會做這種亂七八糟的菜色，說這叫自己下廚。

我們吞下數不清的吐槽，拿起湯匙試吃。

至於最重要的味道。

「……異、異常好吃。喂由比濱，妳也吃吃看。只吃得到烤肉醬的味道，真的很好吃。」

「咦，那是稱讚嗎？……真的耶，只吃得到烤肉醬的味道！好吃！」

EB○RA好強，黃金烤肉醬好好吃——我們邊稱讚邊吃，回過神時，轉眼間就把那道黃金炒飯吃完了。平塚老師見狀，露出前所未有的得意表情。

「呵。如何？這樣就明白我的實力了吧？」

呃，那個，不好意思，好吃歸好吃，這不是老師的實力，是EB○RA的。國內頂尖大企業的實力。我嘴巴裡就只有烤肉醬的味道。

「是說老師，您都在做這種充滿大叔味的東西，真的會嫁不出去喔？」

「你說……什麼……!?」

廚師——更正，三十歲上下的女教師平塚老師，震驚得雙膝一軟。

這盤炒飯真的很有男人味，明確地傳達出老師結不了婚的理由。

拜託來個人娶走她吧，我認真的。等待就算她端出烤肉醬炒飯也不會嚇到，而是會笑著吃完的心胸寬廣的男性。

「……我說。」

由比濱看著空空如也的盤子，似乎也想到了什麼。

「我說，仔細一想，我不想讓小雪乃吃這個耶。她絕對會傻眼……」

的、的確……

×　×　×

繼昨天的材木座之後，今天的幫手平塚老師也徹底失敗。

由比濱好像著急起來了。

「唉～這樣下去廚藝真的會變好嗎……」

她十分沮喪地嘀咕道。她說得沒錯。沒其他幫手可以找，乍看之下會讓人覺得無計可施了。

不過，各位是不是忘記還有一位可靠的男人？

「咦!?哪裡哪裡!?在哪裡!?是誰!?」

「呃，就是我……」

「咦……」

我一報上名字，由比濱就用表情加聲音的組合技表現出強烈的失落感。

「可是，你只會煮咖哩吧？」

「笨蛋，只要我拿出真本事，咖哩之外的料理也毫無難度。便當這種東西小菜一碟。」

「咦……」

我一信心十足地宣言，由比濱就用表情加聲音的組合技表現出強烈的毫不期待感。

「哈，等著看吧，明天由我教妳真正的『便當』。」

我自信滿滿地宣言。

因為我有珍藏的祕策。

隔天放學後。

家政教室的桌上，放著適合拿來做便當的食品——完美保留海苔酥脆感的飯糰（鮭魚餡）、小孩最喜歡的肉丸子、可以說是便當主角的多汁炸雞、滑嫩的迷你歐姆蛋等各種配菜，全部堪稱完美。

「咦，真的假的……？這真的是你做的嗎？通通都是？」

來到家政教室的由比濱看見那幾道菜，驚呼出聲。

「哇，好扯……外觀超美的……」

她如此感嘆，我點頭回應。

接著遞出事先準備好的免洗筷。

「妳吃吃看。不只外表，味道我也很有自信。」

如我所說，由比濱非常滿意。飯糰、肉丸子、炸雞、可樂餅。她按照順序一道道品嘗，每吃一口就不停誇好吃。

「哎呀，自閉男真厲害！原來你其實這麼會做菜，我有點尊敬你了！」

試吃完每道菜色後，她兩眼發光地這麼說。

被人稱讚得這麼直接，我也有點難為情。

然而，只要祭出我準備的這招「祕策」，連如此感動的由比濱都能輕鬆做出這幾道菜。百分之百可以。

「咦，真的嗎？」

「嗯，絕對。」

我回答的瞬間，由比濱臉上綻放笑容，擺出勝利的姿勢。

「用那個『祕策』的話，要花多少時間才做得出這些菜？」

「嗯？喔，真的很快。大概只要十五分鐘左右，妳也做得到吧？」

「這麼快就能做出這麼好吃的菜啊!?」

「喔——對啊。」

由比濱感動得發抖，喃喃說著「好、好厲害……根本是魔法……」我也點頭回答「嗯，真的是」。

「真的超厲害的，『7-El◯ven』。能簡單輕鬆地做出這麼好吃的東西，果然不簡單。感覺得到他們有多努力。」

「…………………………………………什麼？」

「哎呀，不愧是全國最多的便利商店。冷凍食品的品質就是不一樣。每天吃應該都吃不膩。7-El◯ven 感覺真好（註5）。」

「什麼？咦？等一下？等一下？意思是，咦？」

由比濱彷彿陷入混亂，不停說著「等一下等一下等一下」，將手掌對著我。

「……咦，那，難道這些全是冷凍食品!?」

「啊？什麼難道，就是啊？」

呃，正確地說只有飯糰不是，不過除此之外通通是冷凍食品。不知道她有沒有聽進這句補充說明。

「……………………………………」

或許是因為受到震撼，由比濱張大嘴巴，跟石像一樣僵在原地。搞不好連心臟

註5　日本 7-Eleven 的廣告歌。

都停止跳動了。

我才剛這麼想，下一刻，恢復意識的由比濱就用最大的音量大叫：

「……你、你這個大笨蛋！白痴！傻瓜！用冷凍食品不就沒意義了嗎！完全沒有手作成分嘛!?」

「啥？你知道全國的主婦塞了多少冷凍食品進便當嗎？重要的不在於是不是親手做的，是心意啦，心意。」

「半點心意都沒有好不好！只是用微波爐加熱而已！就算有，也是7-El◯ven工廠的人的心意！」

「不不不，裡面也充滿我的心意。妳以為我是懷著多誠摯的愛，按下以600W加熱兩分鐘的按鈕？」

由比濱完全無法接受我的主張。

「嗚哇——————！自閉男是大笨蛋——————！」

她終於嚎啕大哭，衝出家政教室。

有種在朝著夕陽奔跑的感覺。希望她就這樣跑到巴西，度過幸福快樂的生活。

於是，比濱廚房——不對，是八廚房靜靜落下帷幕。

× × ×

——這次真的無計可施了。

材木座、平塚老師再加上我，都派不上任何用場，祕密料理特訓三天就宣布失敗。

「……既然這樣，只能一步步慢慢努力了。」

由比濱的語氣非常不安。

慢慢努力，也就是正面進攻。講起來簡單，不用說也知道，那是最累的一條路。正道往往艱鉅難行。

從那一天起，是真正的地獄。

由比濱將新手也能輕易做出來的便當菜色通通試了一遍，我也絞盡腦汁想辦法幫忙，陪她練習，結果是橫屍遍野。

事到如今，我們才知道「便當」這東西有多難。

想裝滿那個小盒子，至少要用好幾種配菜。

就算採用我的建議，其中一、兩道藉助冷凍食品的力量，也無法輕易填滿那只有十幾公方長的四方型盒子。別說好幾種，對於連一道菜都做不好的我們來說，那個可愛的便當盒宛如長五十公尺的游泳池。是能讓我深深體會到全國主婦每天有多辛苦的苦行。

這樣的苦行持續了一星期。

「唉。不行……一點進步都沒有……」

不知道是第幾次了。試吃完剛做好的料理，由比濱皺起眉頭。

她的臉也因為表情的關係，看起來臉色有點差。恐怕是因為最近每天都在試吃失敗作品，沒有攝取正常的食物。這段時間她說這樣對我不好意思，幾乎都自己試吃。

「喂，還好嗎？妳最近狀態真的很差。」

「咦？是、是嗎？沒有啦，沒這回事。哈哈……」

抱歉，我去做下一道菜。由比濱說完，慢慢走回流理臺。

照這樣看來，又會增加一道失敗作品吧。

我看我也來幫一下忙好了。我站到於瓦斯爐前就定位的由比濱旁邊。

今天她要回歸初衷，挑戰煎蛋捲。由比濱將一顆又一顆的雞蛋打在碗裡。

「噢，等等。蛋殼掉進去了。」

「咦，不會吧!?在哪？」

「妳看，這邊有一小塊……是說，由比濱。」

我指著沉到碗底的蛋殼碎片問。

「雖然過這麼久才講這個很奇怪，雪之下早就忘記那個約定了吧？」

「那個約定」當然是指「幫她做便當」這個一切的源頭。

我之所以問這個問題，一半是因為我真的覺得短短幾句的閒聊，忘記了也不奇怪。另一半是因為我開始因這看不見希望的特訓而感到疲憊。

不如說由比濱應該比我更疲憊。

其中也蘊含「如果妳是因為把我捲進來，開不了口說要放棄，大可不必介意」的言外之意。可是。

「哎、哎唷——或許是這樣沒錯……」

由比濱卻露出那種像要掩飾什麼的困擾表情，說：

「不過約定就是約定嘛。就算小雪乃忘記，我也還記得呀。所以，跟那個沒關係……」

緊接著，她似乎突然想到什麼，補充道：

「啊！你累的話不用管我！可以回家的！」

或許是我的用詞不對，反而害她顧慮到我的感受，小小的失策。

然而，最失策的不是那個。

她害怕的不是打破約定，導致雪之下發現她說了謊。

只是單純不想因為不遵守約定而讓雪之下失望，才會這麼拚——這種事，我居然現在才發現。

由比濱邊說邊將蛋液倒進平底鍋，緊盯著它，以免蛋皮焦掉。

看著她連額頭冒汗了都沒發現，全神貫注的表情，我小聲地說：

「……那，我也會奉陪到底。」

本以為她可能會因為太專注的關係而聽不見，並沒有。由比濱突然轉頭看過來，露出燦爛的笑容。

「嗯、嗯。我會加油。」

這表明決心的方式跟小學生一樣。由比濱馬上回頭專心做菜，我也望向平底鍋，想設法讓她成功。

下一刻。

家政教室的門隨著敲門聲打開。

說不定是平塚老師來關心我們了。我如此心想，不經意地往門口看過去。

「……呃，妳!?」

聽見我的聲音，由比濱也慢半拍發現訪客的存在，「咦咦咦咦!?」尖叫出聲。

與我們誇張的反應成對比，那位不請自來的訪客十分從容。

「……兩位這樣跟人打招呼的嗎？這是哪個國家的問候方式？」

面不改色的那位訪客——雪之下雪乃冷冷說道。

×　×　×

由比濱吞吞吐吐地說明。

雪之下只是一語不發地聽著。

我則夾在那兩個人之間，覺得自己彷彿被排除在外。

說自己廚藝有進步，老實說是騙人的。

實際挑戰過做便當後，發現根本做不出來。

所以才會一直偷偷特訓。

講完事情緣由，由比濱低頭說了句「對不起」。

「那個，我沒有騙妳的意思……不過，對不起……」

反而是雪之下不知道該對她的道歉作何反應。

雪之下一語不發，難得露出不知所措的表情，開口想說些什麼，思索片刻後又閉上嘴巴，如此反覆。

她的雙眼瞄到平底鍋裡做到一半的煎蛋捲。

整個都變形了，大概是因為做到一半，以半熟的狀態放太久。雪之下看了，平靜地說：

「……由比濱同學，妳知道嗎？玉子燒用小火會煎不好。」

「咦？」

「很多人會用小火去煎，避免焦掉，那樣反而容易失敗，所以基本上都是用大火迅速煎熟。練熟後其實不會太難。」

「啊，嗯、嗯。知道了……」

雪之下老師突如其來的烹飪課，令由比濱瞪大眼睛，不斷點頭。

「……咦？是說，小雪乃，妳要教我嗎？」

由比濱彷彿在問「妳沒生氣嗎」，雪之下大概是想掩飾害羞，別過頭回答：

「……嗯。不如說，下次記得找我商量。我會用遠比這男人優秀的教法指導妳。」

不，烤餅乾的時候妳最後也沒幫上忙啊……現在吐槽這個，未免太不知好歹。

因為這是雪之下對由比濱的「對不起」所說的「沒關係」。

她們都沒有明白說出口，不過，這樣的情緒應該透過短短幾句對話傳達給對方了。

即使這只是被排除在外的我的推測。

「食材可以借我用嗎？我先示範一次給妳看。」

「嗯、嗯。知道了！」

看見兩人隨著這句話做起煎蛋捲，我默默離開家政教室。

不是因為我不想再吃失敗作品。啊，不對，當然這也占了一小部分原因。

可是，繼續留在那裡太不識相。

因為之後是……不對，或者說，打從一開始。

這就是由比濱和雪之下。

屬於她們兩個的故事——

×　×　×

隔天。

午休時間，我沒有在固定的午餐地點吃飯，而是走向侍奉社社辦。

『方便的話，自閉男今天也來跟我們一起吃午餐吧。』

午餐前的下課時間，由比濱跑來邀請我。似乎是想展現昨天跟雪之下練習的成果。

意思是，看來在那之後的特訓多少有點幫助。

「對呀。應該能端出可以吃的東西吧？」

這是先到社辦看書的雪之下的說法。

「哦──我會期待的。」

我若無其事地回答，心裡卻有點期待，這是祕密。

等了一會兒。

「嗨囉──！久等了──」

由比濱隨著開朗的招呼聲出現，為歡樂的便當時間揭開序幕……然而。

──那個東西是糊成一團的褐色物體，至少怎麼看都不是能放進嘴巴的食物。

「……喂，由比濱？」

「咦？」

「那個，這是什麼？」

我對這個問題感覺到強烈的既視感，由比濱鎮定地回答：

「看就知道了吧？煎蛋捲。」

呃，什麼叫看就知道，我看過這東西耶。太過眼熟，我甚至在懷疑自己有沒有看錯。因為這跟我第一天被迫試吃的煎蛋捲比起來，外觀沒有任何差異。

「啊──嗯，外型確實不太好看啦，不如說跟之前做的有點像，不過別擔心。味道應該不會有問題！對不對？小雪乃？」

「…………………………………………………………………………」

無言。雪之下徹底無言。

看見那過於異常的外型，連雪之下都講不出話。

接著，她不知為何狠狠瞪向我。眼神傳達出明確的意思。

——到底為什麼會這樣？

呃，我怎麼知道。我才想問咧。妳不是說「應該能端出可以吃的東西」嗎？

「好。那大家一起吃吧！這是自閉男和小雪乃的筷子。」

她將免洗筷遞過來，若能回答「我不要」，該有多輕鬆啊。

不過，被用那種充滿期待的閃亮眼睛看著，我實在開不了口。

「我開動了。」

「「……我開動了。」」

我們接在由比濱的口號後面合掌。

好不容易夾起黏稠的煎蛋捲送到嘴邊，一股難以言喻的異臭撲鼻而來。

啊啊，這東西絕對不好吃。我們如此確信，將它灌入口中——

後續我就不多說了。

無論如何，**由比濱結衣**都想**吃**麵。

白鳥士郎

插畫：しらび

最強的食物是什麼？

關於這個難題，我以前的回答是拉麵。

拉麵是最強的。對孤獨的男高中生來說，是最親近的食物之一。治癒貫徹孤高的高貴靈魂，滿足胃袋的終極美味。

最強的邊緣人用食物。那就是拉麵。

然而，拉麵也是有弱點的，不如說不適合吃的場合。

那就是……約會。

情侶約會千萬不能吃拉麵。在餐券販賣機前碎碎念，坐在吧檯座卿卿我我。怎麼看都是毒害。

講話會害麵糊掉，害湯冷掉。

所以情侶絕對不能去吃拉麵。

×　×　×

為平凡無奇的一星期作結的禮拜五放學後。

晃到社辦來的平塚靜老師一直在高談闊論，我們則分頭專心做自己的事，一面聽她說話。

也可以說這叫左耳進右耳出。

「現在果然還是千葉到千葉中央那一區競爭最激烈。客層明顯有差。」

三位學生的態度明顯對自己的話題沒興趣，不如說覺得很煩，平塚老師卻毫不介意，滔滔不絕。

平常她是個會關心學生的好老師……一提到某個特定話題，就會渾然忘我。

「哎呀，都哪個時代了，還要參加跟家長會成員的聚會，而且在那種酒會上，我這種年輕貌美女教師扮演的角色絕對不會好到哪去，所以我推辭了一段時間。我可不想被人叫去接客，更讓人頭痛的是那幾個媽媽會不停問我『老師，您結婚了嗎？』『不是應該要有幾位對象嗎？』『要結婚的話最好快一點喔？』實在受不了。跟被家人和親戚逼問的情況不同我不能亂說話所以只能乖乖被踩在腳底當成沙包蹂躪……」

話題從途中開始歪到奇怪的方向。

簡單地說就只是她參加了跟家長會的酒會，晚上去了街上。

「所以我之前久違地參加了一次……沒想到千葉站周圍的拉麵戰爭……戰況變得那麼激烈！」

沒錯。

這個顧問在週末前一天特地到社辦做什麼呢？單純只是想講自己上週末吃到的拉麵。

平塚靜。單身。侍奉社顧問。然後是單身。

有時可愛，有時帥氣。我不否認這一點，但現在的平塚老師不是「可愛的小靜」也不是「帥氣的小靜」。就是個「很吵的小靜」。

平塚老師講了一連串後，聳聳肩膀下達結論。

「不過身為老師，很難推薦那一帶的店家。」

我想需要說明一下。

雖說都叫「千葉站」，以千葉命名的車站多如繁星，例如JR千葉站、西千葉站、東千葉站、京成千葉站、新千葉站、千葉中央站，以及JR的本千葉站（還有單軌鐵路的千葉港車站）。

其中JR千葉站到京成千葉中央站的這塊區域，是廣為人知的歡樂街，白天跟晚上的相貌截然不同。

聽到這裡，我明白平塚老師為何會特地到侍奉社社辦講這件事了。

總不能在教職員辦公室罵家長會。跟一般學生聊千葉站周邊的拉麵店也不太好。

簡單地說就是只有我們能聽她講這個。

我們的反應卻很冷淡，所以平塚老師終於開始點名聊天。

「怎麼樣，雪之下？有沒有想起在京都吃過的那個味道？」

「的確──」

雪之下雪乃翻閱文庫本的手停止了一瞬間，點頭回答。

「偶爾會沒來由地想吃。因為……那是凶暴的美味。」

這傢伙竟然稱讚得那麼直接，真難得。不過光是聽見她評價食物的味道就相當難得了。

是啦，天下一品在拉麵店中屬於比較獨特的，聽說也有人覺得它「粉粉的」，不喜歡。雖說只有一小盤，雪之下可是不小心嘗到了那家店──而且還是總本店的拉麵。不能怪舌頭忘不了那個滋味。「嘿嘿嘿！嘴上在否認，身體倒是有乖乖記住嘛!?」「不、不行──！」。因為是拉麵所以不行嗎（註6）？這什麼冷笑話。

註6「拉麵（Raamen）」與「不行（Dame）」日文音近。

「那股衝擊太過強烈，導致我畢業旅行時吃到的其他食物，味道都被蓋過去了。」

「這麼誇張啊？」

「對呀。比企谷同學不是嗎？」

「我也是第一次吃天下一品。那說不定是我畢業旅行印象最深刻的回憶。」

「去京都結果印象最深刻的回憶是吃拉麵，很符合你的個性……不過的確，想到光是為了吃那碗拉麵就跑到京都一趟，或許是頗為奢侈的體驗。對於喜歡的人而言，應該有那個價值。」

「連鎖店的話去東京就吃得到，但那可是總本店啊。」

有種去過聖地巡禮的感覺。稍微感到了一點優越感。

而某人一直默默聽著我和雪之下的回憶——

「…………」

「由比濱同學？妳怎麼了？妳竟然會沉默五秒鐘以上，真稀奇……身體不舒服嗎？」

這話若是出自其他人口中，怎麼聽都是諷刺，雪之下卻是真的在為她擔心。至於那位受到關心的由比濱結衣。

「嗚嗚…………」

她瞇起眼睛，視線在我跟雪之下身上來回移動，散發出一股怨氣。

「小雪乃和自閉男……一起去吃了拉麵……嗎？」

「呃，那是。」

我差點反射性站起來。

我也不知道自己幹麼那麼驚慌，可是，最近看到由比濱這個態度，我就會像這樣……下意識站起來。

我彷彿歌手安潔拉・亞季演奏時一般，一下站一下坐要站不站要坐不坐，雪之下嘆著氣回答：

「……不是只有我們兩個。畢業旅行那晚，平塚老師邀我們去的。」

「就是這樣。」

話題轉移到拉麵上，因此平塚老師興奮地加入，說明得更加詳細。

「是我硬把他們兩個抓出去的。老師帶學生外出，被人發現就麻煩了，所以我沒告訴其他人，但侍奉社有種自己人的感覺，我才會不小心說溜嘴。」

希望妳幫忙保密——平塚老師對由比濱說，由比濱也「喔……」給予分不清到底服不服氣的回應。

說起來，那天的拉麵本身就是趁畢業旅行當晚獨自跑出宿舍吃拉麵的平塚老師，給我跟雪之下的封口費。

「不過我暑假和比企谷兩個人一起去吃過拉麵。」

「咦!?自閉男，你跟平塚老師一起去吃過拉麵嗎？還是在假日？為什麼為什麼!?」

「啊……為什麼呢……」

對我來說，那也是非常莫名其妙的事件。

那個暑假的午後，我不小心睡到一個很尷尬的時間，決定出門開拓新的拉麵店，在經過婚禮會場時看見一位美女獨自散發邪惡的氣息……

那名散發邪氣的美女懷念地說：

「記得是在海濱幕張的……看得見海的婚禮會場附近吧？」

「婚、婚婚婚、婚禮!?」

「去參加婚禮的我，被比企谷硬抓出去……」

「自閉男!?把老師硬抓出去!?」

「然後我們就去吃拉麵了。」

「不要!!竟然去吃拉麵…………拉麵？為什麼？」

不不不，吃拉麵以外的部分全是她亂掰的。

純粹是平塚老師參加完婚禮後，利用我逃避親戚的「妳也給我快點結婚」攻擊而已。我反而是被老師帶走的那個。

暑假的午後，跟打扮得漂漂亮亮的單身女教師一起坐在拉麵店的吧檯座吃拉麵……嗯，怎麼想都只會覺得搞什麼呀莫名其妙（註7）……

要把詳細情況通通解釋清楚太麻煩了，再加上講愈多誤會可能會愈深，所以我沒有說話。

「嗯……」

由比濱鼓起一邊的臉頰，不知為何只瞪著我一個人。

接著，她突然起身宣言：

「我也要去。」

「什麼？去哪裡……薩利亞嗎？」

「現在在聊拉麵，為什麼會是去薩利亞!?」

「妳問我為什麼……」

現在在聊拉麵→會讓人想吃麵→女生就是吃義大利麵→義大利麵就是去薩利亞。

嗯。完美的推理。

「呃，薩利亞的義大利麵確實便宜又好吃啦！但我想去的不是薩利亞！」

註7《LoveLive!》的角色西木野真姬的口頭禪。

「那是哪裡？」

「我也要跟，自閉男，一起去，吃拉麵。」

為了方便我理解，她每句話都分開來講，彎下腰把臉湊過來，彷彿在教小孩。

啥？跟我一起……吃拉麵？現在？

現在要去千葉吃飯的話，是晚餐時間。意即必須跟家裡的人說「我今天晚餐在外面吃」。要是他們問起原因就麻煩了。

而且今天還是星期五。明天放假。

夜晚的街道會充滿學生及上班族……行人多，店裡的人也多。總武高中的學生應該也不少。

跟由比濱一起在那樣的地方移動，那個……可能會引起誤會。而且異性一起吃拉麵違反我的原則。由比濱和我並不是情侶，可是不知情的人搞不好會這麼認為。

因此我說出結論。

「我不要。」

「面——！」

由比濱像在練劍道似的，賞了我的額頭一記手刀。

「自閉男是笨蛋——！」

她扔下幼稚的這句話，抓著書包衝出社辦……離開前還停了一下，明顯往我這邊看……呃，我不會去追妳的。

我摸著被她打的額頭，整理瀏海，一面咕噥道：

「……真是。誰才是笨蛋啊。」

「比企谷同學吧。」

「嗯。比企谷吧。」

「啥？」

慢著兩位。請問妳們有聽見剛才的對話嗎？

「不是嗎？」

雪之下雪乃把書籤夾進文庫本中，露出彷彿看透世間一切的微笑。

「因為你嘴上拒絕，結果還是在增加自己的工作嘛。」

×　×　×

從結論來說，我打了通電話給小町。『咦？哥哥今天要在外面吃晚餐？去哪吃？跟誰吃？』我回答「去哪吃跟誰吃都不重要吧」，小町沉默了一會兒。

『……結衣姊姊？』

「………………」

『知道了。沒問題！』

她發出「嗚呵呵」的奇怪笑聲掛斷電話。

啊啊我已經開始嫌麻煩了……

「真是，如果都這樣了還找不到那傢伙，真的有夠蠢……」

我走出千葉站，漫無目的地在雜居大樓林立的繁華街上走動。不愧是星期五晚上，人潮洶湧。想從中找到一個人難如登天。

「乾脆打電話看看？可是那傢伙在生氣……」

不接的可能性也很高。再找一下好了。

天色已暗，亮起霓虹燈的繁華街上，到處都是居酒屋和拉麵店。把數不清的拉麵店通通檢查過一遍並不現實。

想想看。

那傢伙會怎麼做？

「由比濱對這一帶不熟，應該也不懂拉麵店。這樣的話，以那傢伙的個性……」

直覺告訴我，她會去問人。

而對這種地方一竅不通的她，可能會去明顯有問題的「免費介紹所」打聽資訊……

「哎呀……不會吧？就算比濱同學那麼純真，也不會覺得那種地方會告訴她哪家拉麵店好吃啊啊啊啊啊啊啊啊啊啊啊啊!!」

有了。

由比濱在免費介紹所前面。

還被明顯在路上拉客的小哥們纏住。

「就說了，我是想找拉麵店……」

「拉麵？別管拉麵了，我可以介紹能賺更多錢的店給妳喔。」

「不是，那個，我不是在找打工……是想吃拉麵……」

「妳胸部那麼大，不去賺太可惜了啦！」

糟糕。情況不妙。

我幾乎以跑步的速度快速走過去，避免跟幾位小哥對上目光，抓住被纏住的由比濱的手臂。

「喂。走了。」

「咦!?自、自閉男!?」

由比濱驚訝得瞪大眼睛，但她立刻回握我的手，小跑步跟過來。

「喂喂喂，搞什麼。」「有男朋友就早說啊。」

背後傳來交談聲，他們卻沒有追過來。得救了……

來到大馬路上，經過一個轉角，我才終於停下腳步放開手。然後望向跟在後面的白痴。

如同一隻等著被罵的小狗的由比濱結衣。

「嗨、嗨囉……」

「現在不是哈囉的時間吧。」

「啊哈哈………對不起……」

由比濱垂下頭。

「我來了後不知道要進哪家店……看到有家叫『免費介紹所』的店，就進去問人家有沒有我也能去的店——」

「那裡不是那種介紹所啦。」

「看來是這樣呢………對不起。」

天大的誤會……

她這麼坦率地道歉，我也沒心情罵她了。

「唉………真是。」

我放開她的手，嘆了口氣，對仍在無精打采的由比濱說：

「那走吧。」

「咦？要幹麼？」

「妳不是想吃拉麵？我帶妳去，吃完就給我乖乖回家。」

「萬歲——！自閉男好溫柔！」

她誇張地舉高雙手，想往我身上抱，我向後躲開，直接往目的地走去。

由比濱快步跟上。

不過，她發現我正在走向ＪＲ千葉站，停下腳步。

「咦？……要去哪裡？」

「車站裡面的富田製麵。」

「那是類似站內的立食蕎麥麵店的店吧!?我不要去那種地方！我想去更正式的店！」

妳說……什麼……

「妳白痴喔……別小看富田製麵喔？」

降臨於混亂的千葉站的新霸王。那就是富田製麵。

能在站內吃到那個等級的拉麵！可以說反映出了千葉的拉麵文化之成熟。從外縣市來到千葉的人最先看到的，是整家店都用玻璃牆的店內，擠滿在吧檯座大吃拉麵的人們……每次想到那個畫面都覺得好熱血……

「這一帶現在最熱門的拉麵店，肯定是富田製麵。就算要買入場券都值得一吃。不信的話可以去查查看網上的評價。」

「咦？是、是嗎？……不過，嗯……」

由比濱拿出吊飾晃得叮叮咚咚響的手機，看著螢幕煩惱地呻吟著。

「怎麼了？去千葉站吃有問題嗎？」

「哎、哎唷！千葉站的出站口前面不是開了家貢茶嗎？優美子她們今天應該也會去那裡。」

「三浦要去那喝珍奶啊……」

現在千葉最跟得上風潮的年輕人，就是在JR千葉站喝珍奶。拜其所賜，遇見國中現充同學的機率高到爆。例如高機率看到折本，真的拜託饒了我吧。可不可以滾去船橋的 **LaLaport** 啊。

「她們也有約我，我說我有事，拒絕掉了……所以那裡有點不方便。」

「……這樣啊。」

我想了一下，走向反方向的京成千葉站。

「那去SOGO吧。」

「SOGO？」

「上面的美食街有家賣擔擔麵的。」

「我跟家人去過！點套餐可以吃到很多種食物，滿好吃的！」

「對吧？」

我家的小町也喜歡那家店。是女生也能大膽踏進的中華料理店。

比濱同學卻有意見。

「不是啦——那家店確實不錯，我也滿想去的，但我想跟你一起去的不是那種店……」

「啥——？」

「不是那種店啦。你為什麼不懂？」

「呃，我才想問妳咧……」

妳想吃拉麵所以我拚命思考女生也能吃得開心的店結果卻接連遭到否定。妳懂我的心情嗎？

……話雖如此，其實我可以理解由比濱想表達的意思。

適合一家人去吃的中華料理店的拉麵，和除了拉麵外頂多只有賣煎餃跟炒飯的專賣店的拉麵，同樣叫「拉麵」，其中卻有巨大的差別。

由比濱不惜冒著危險一個人來吃的，是專賣店的拉麵。

專賣店，不過盡可能開在明亮人多的安全地點，味道也有保證的店。

「那就是……千葉中央購物中心了。」

「高架橋下面的C·one？」

「千葉中央購物中心。」

我絕對不會用C·one、Mio這種輕浮的名字稱呼它。簡單地說就是利用高架橋下方的空間開設的商店街。

說到高架橋下方的商店街，全國最有名的是神戶元町的（通稱「元商」），但千葉也不遑多讓。

將千葉站到京成千葉中央站之間這段約七百公尺長的區域分成四個部分，獨具特色的店鋪櫛比鱗次。

「不過店家汰換速度也滿快的，可見競爭有多激烈。所以只要挑能在那邊存活下來的店，絕對不會踩雷。」

「的確。那邊賣雜貨的店也倒得很快。」

「因為最近全國知名的連鎖店陸續進駐了。只要去那裡，就能在千葉逛到全國各地的名店。」

「也有你在京都跟小雪乃吃過的那家店嗎？」

「不……沒有耶，為什麼……」

為何天一要撤出千葉？應有盡有的樂園——千葉缺少的最後一塊拼圖，就是天下一品。

「妳想吃那家嗎？」

「想，可是又不想。」

「什麼？」

「……難得有機會跟你一起吃飯，我不想邊吃邊想你跟其他人吃飯時是什麼樣的感覺……」

由比濱噘起嘴巴碎碎念。我聽不清楚她在講什麼，但她似乎懷著非常複雜的心情……

而悶悶不樂的比濱同學，一走進商店街心情就瞬間轉好。

「啊！那家店的飾品好可愛～你看，適不適合？」

「啊？不錯啊？」

「好敷衍！看仔細一點啦！」

我雖然散發出「別看那些了快走啦」的氣息，其實超適合的，害我心跳了一下。看太仔細的話會……懂嗎？體諒一下我的心情……好不好？

我走在前面，免得她看見我泛紅的臉頰。

由比濱將手中的飾品放回籃子，追上來從後面輕輕揪住我的衣服下襬。

「欸欸，你開心嗎？」

「嗯？嗯，還行。」

「是嗎是嗎？」

「是啊。」

「開心呀。」

「……因為是禮拜五晚上。」

我和由比濱被周圍歡樂的氣氛影響，和一般的高中生一樣，在千葉購物中心內閒逛。

對了……也該跟她問清楚了。

走到C區時，我們暫時來到戶外。

「由比濱。」

我停下腳步，詢問一直想問她的事。

「我有很重要的問題要問妳。」

「咦？重、重要的……？」

「嗯。我該早點確認妳的心意的。」

「我的!?我、我的心意，啊打……啊打啊打打、啊打從一開始就沒有改變……討、討厭，怎麼這麼突然……」

她忽然滿臉通紅，跟北斗神拳的繼承人一樣發出啊噠啊噠的打拳聲，明顯不對勁，我有點擔心，不過這件事真的很重要，所以我沒有管她，接著問道：

「由比濱。妳——」

「嗯、嗯……」

「妳介意麵裡有加大蒜嗎？」

「不介意呀！反正明天放假！呃，別用這種讓人誤會的問法!!」

明明是為她著想才特地事先確認，卻莫名其妙被罵……原來這算性騷擾？下次跟女生聊到口臭時小心點吧。

然而，由比濱的心情很快就恢復了。

不如說是嚇得忘記了。

「哇！好壯觀!?要去這家店嗎……？」

我帶她去的是豚骨拉麵的超級名店。

不只日本，在國外也超受歡迎的一家店。

於博多豚骨拉麵界是高人一等的存在，甚至在博多機場裡面的候機室旁邊開了店。接受大蒜的話沒道理不去這家店。

能夠調整口味濃淡、油的濃郁度、大蒜量、蔥的種類、有無叉燒、祕製醬汁的量、麵條硬度的創新系統，對其他拉麵店也造成強烈的影響，儼然是豚骨之王。

「哇……拉麵店竟然會開到這麼大家。女生要一個人進去的話，需要另一種意義上的勇氣……」

「喂喂喂，光外觀就嚇到，太快了喔？」

這家店的賣點，不如說有名的部分，反而是那獨特的內部裝潢。

「咦？裡面也很壯觀嗎……？」

「嗯。為了讓味道集中，每個座位都是隔開的，麵送上來後正面的簾子還會放下來。很期待吧？」

「咦咦咦咦!?」

由比濱大吃一驚。

「為、為什麼都一起來了，還要把每個座位隔開!?」

「是為了讓妳專心吃麵。很正常吧？去補習班的自習室也是一個人念書吧？」

「不不不。哪裡正常。因為這可是在外面吃飯耶？跟人一起吃比較開心，飯吃起來也更好吃呀。」

跟別人一起吃的飯更好吃……很常聽見的一句話。

真的是這樣嗎？

要一面注意其他人一面吃飯，無法細細品味料理的味道吧？

吃飯時還在聊天的話，會不會錯失最佳的食用時機？

邊緣人經常獨自踏進店裡，獨自面對那家店的料理。能隨心所欲地在最美味的時機享用那道料理。

怎麼想都是一個人吃更好吃吧？

「總之別吃這家啦！我要求不多，至少去能看著對方的臉，邊吃邊輕鬆聊天的店！」

「我覺得妳要求夠多了……」

怎麼找都找不到能讓妳滿意的店啦。

×　×　×

我們決定不了要吃哪家店，繼續走在路上，不知不覺抵達快要到京成本千葉站的地方。

「喂。再走下去只剩日高屋囉？」

「嗯……可是說不定會有新店，再找找看——」

我不太想再走下去。由比濱則提議繼續往前找。

不過，由比濱突然停下來大叫。

「咦!?那、那是……」

一個肥胖的人影提著窸窸窣窣響的漆黑塑膠袋，正在從本千葉站的方向走過來。

我不可能認錯。

是材木座義輝。

「中二!?為什麼……？」

「！糟糕……不知不覺踏進這塊區域了嗎……！」

安利美特、C-labo、虎之穴。

京成千葉站附近，有一堆那傢伙會去的店。

沒錯，這裡是千葉的秋葉原。千葉原。

簡單地說就是御宅街。

沐浴在華麗燈光底下的購物中心，另一側是像影子一樣默默擴展範圍的黑暗勢力。

跟學校是社會的縮影一樣，車站這個場所人潮眾多，會成為社會縮影也是理所當然。

順便說一下，知名補習班也集中在這個區域，所以很容易遇到升學型學校的學生。表示也很有可能遇見總武的學生，忘記這些不小心踏進這裡，完全是我的過失。

「前有三浦，後有材木座嗎……」

「呃，可不可以別把優美子跟中二相提並論……」

由比濱低聲抗議。我懂妳的心情。如果有人常把我跟材木座相提並論，我也會誠心希望對方不要這樣。

「總之先回千葉站吧。」

「又要回商店街？」

「不。這次我們走人行道。如果路上有看到不錯的店，直接進去就行了。」

本以為是個好主意，我卻失算了。

人行道跟商店街不同，有許多紅綠燈。不知為何，只有在趕時間的時候動不動就會遇到紅燈。

不久後，高雅的新英格蘭風紅磚造建築物映入眼簾。可惜「大將軍」三個字的霓虹燈招牌把氣氛全毀了……

由比濱似乎也發現了那家店，發出既驚訝又錯愕的聲音。

「那家烤肉店……外觀好驚人……」

「烤肉大將軍和螃蟹將軍隔著一條路相對，是千葉的名景嘛。」

那棟建築物原本是千葉知名的老牌餐廳&咖啡酒吧「馬醉木」，後來馬醉木轉為只利用地下的空間開店，上面的樓層就由烤肉大將軍進駐。偏偏選擇開在螃蟹將軍對面。

而且自稱劍豪將軍的人還在靠近那裡——

「將軍在呼喚彼此……？」

「咦？自閉男，你在說什麼？」

我在說什麼呢？自己都搞不懂。話說回來，比濱同學，您打算抓著我的衣服抓到什麼時候？……是不是有點熱？

「喂、喂，由比濱。離我遠一點。」

「可、可是人太多了……太多了嘛……」

她抓著我的衣服反駁。

確實，以這個人數來說馬路太窄了，不方便移動。

材木座雖然胖，移動速度還是比兩個貼在一起的人快，因此我們之間的距離逐漸拉近。

由比濱發出近似哀號的聲音。

「找家附近的店進去吧！」

「唔……！沒辦法，隨便找一家吧……」

情非得已的選擇。

對由比濱來說，這是人生的第一碗拉麵。這碗麵會決定她將愛上拉麵還是討厭拉麵，嚴重影響人生。

如果挑到雷店……

「就算妳討厭我了……也別討厭拉麵喔？」

「在這種狀況下你還有心情開玩笑!?」

我是認真的。我無法忍受別人對拉麵的觀感變差……

事已至此，我依然下不了決定——

由比濱用力拉扯我的衣服，把我拽到某家店前面。

「這家！就這家！」

「沾麵啊……」

她似乎第一次聽見這個詞，回問我：

「沾麵？跟一般的拉麵不同嗎？」

「對啊。麵和湯是分開裝的，和蕎麥冷麵一樣。」

「哦──！還有這種麵呀？好潮！」

潮嗎？搞不懂女孩子的感覺……

不過，沾麵確實比較方便給女生吃吧。

而且這家店是著名的沾麵發源店，尤其是開在千葉的店，堅持維持創業時的味道。

我以前也很常來。十五歲那一年，某天中午，我在安利美特千葉店買完漫畫和輕小說後，到這家店一個人吃沾麵……

「好。進去吧。」

「走吧走吧。」

我們在街上徘徊了將近一小時，結果一下就踏進店門了。

店裡沒有半個客人，所以我瞬間懷疑了一下「咦？今天沒開嗎？」可是裡面有店員，看來是營業中。

我抱著懷念的心情，跟由比濱說明入口的餐券販賣機要如何使用。

「先用這臺餐券販賣機買想吃的品項的餐券。」

「咦？」

由比濱一臉不知所措。

「怎麼了？」

「因為……不看菜單怎麼知道是怎樣的料理？」

「喔。嗯。是啦？」

儘管餐券販賣機有附簡單的菜單，由比濱可是連看詳細菜單都會煩惱半天的人，要她在這個狀況下決定點什麼，應該有困難。

第一次吃拉麵就來這種地方，或許太高難度了點。

不過雖說後面沒有任何客人，在這邊猶豫不決我也過意不去。於是我自己先買了餐券，跟由比濱一起坐到吧檯座。

「我要特大碗沾麵。這位等等再點。」

「……」

店員一語不發，接過我的餐券。

幸好店裡好像剛走掉一批客人，大概是因為過了上班族的通勤時間，坐在吧檯座的只有我和由比濱。

至於由比濱——

「哦——嗯——喔喔……」

比起菜單，她似乎對店內裝潢更有興趣，東張西望的。

「那你點了什麼？」

「特大碗的正統派沾麵。」

「哦……」

我指著菜單上的照片跟她說明，由比濱卻無法理解的樣子。

「用這碗黃色的麵去沾這碗褐色的湯吃嗎？」

「對對對。然後按照自己的喜好加入那邊的調味料。」

我指向桌上的銀色小罐子。

「好多種……好像土耳其料理……」

的確，聽說土耳其料理光辣椒就分好幾種。

跟光是胡椒就有好幾種的沾麵店，或許有相似之處……不，難說喔？像嗎？完全不一樣吧？

「這個呢？這是什麼？」

由比濱指向其他小罐子。

「那是醋。有白醋、黑醋、水果醋三種。調沾醬味道的時候用的。」

「水果醋？聽起來好健康，我也要點這個！」

由比濱快步走向餐券販賣機，果斷按下沾麵的按鈕，小心翼翼地用雙手拿著餐券回來。

「不好意思——我要這個。」

她隔著吧檯將餐券遞給店員。

店員一句話都沒說。

「……那個人在生氣嗎？」

「不。沒那回事。有疑問的話人家還是會回答。」

這是距離感的問題。

我第一次跟由比濱接觸時，也被她問過好幾次「你在生氣嗎」。對常客來說舒適自在的距離感，有些第一次來的客人大概會覺得自己遭到拒絕。

再說，這家店本身就不太會特別想吸引新客人。

新人和老手。

無論在哪個世界，都很難同時滿足兩者。

問題在於要以何者為優先，既然這家店的方針是堅守老店的味道，比起新客人，以回頭客為優先自然更合理。而回頭客想要的，是安靜的空間及穩定的味道。

在我思考之時——

「這是您的沾麵。」

店員隔著吧檯送上麵和沾醬。

由比濱是正常分量。

我的特大碗麵和叉燒比較多。

由比濱高興地小聲跟我說：

「……他們特地同時上餐耶。明明我比你晚一點點餐。」

「對啊。」

這是由比濱的優點。她相信基本上以善意待人的人，別人也會懷著善意對待他。

結果就是會去尋找對方的優點。

跟連掉進善意之海的一滴惡意都能察覺到的我這種邊緣人正好相反。我是鯊魚嗎？

「我開動了。」

「我開動了。」

我們同時合掌，扳開免洗筷。

我比平常更加豪邁地大口吸麵，也算是要推仍在遲疑的由比濱一把。吃拉麵就是要粗俗點。

「好，那我也……」

由比濱似乎做好覺悟了，用微微顫抖的筷子夾起麵條。

接著把麵泡進醬汁，將沾滿褐色醬汁的捲麵送往塗了脣蜜的櫻花粉嘴脣。

我偷偷瞄向她，看著麵條伴隨可愛的吸麵聲吸進口中。

然後——由比濱瞪大眼睛吶喊。

「咦!?好好吃!!」

她似乎是真心這麼認為，視線快速地在我的臉和沾麵之間來回移動。跟國外的足球員一樣瘋狂搖頭。

「我好像是第一次吃捲麵……吃起來像湯義大利麵，不過味道的深度完全不同……怎麼說呢？像燉菜？」

「…………」

「哎呀——可以理解小雪乃為什麼用『凶暴的美味』來形容了。該說它對舌頭的刺激很強烈嗎？啊，可是小雪乃吃的不是這家店對吧？糟糕。拉麵好深奧！對不對，自閉男!?」

「……是啊。」

我應聲附和由比濱，呼喚吧檯後面的店員。

「不好意思。請給我高湯。」

「咦？加高湯？」

「類似煮麵水。」

我隔著吧檯接過裝了清湯的熱水壺，倒進醬汁中。由比濱緊盯著從水壺倒出的金黃色高湯。

「喔喔……！」

我小口確認味道濃淡。

「欸！自閉男，分我一點！」

「啊？妳等等喝自己的不就行了？」

「我現在就想喝！」

她硬是把碗從我手中搶走，灌了一大口。

「喔喔喔喔！吃完麵竟然還有湯可以喝，拉麵好厲害!!」

「我說，妳那是間接……算了。」

我把碗拿回來，在極度興奮的由比濱身旁喝剩下的湯，確信了。

起初，我以為是這家店的味道有所改變。

不過看見由比濱的反應，我明白並非如此。

改變的不是味道。

「……是我的舌頭嗎？」

許久沒吃的沾麵，少了第一次吃到時的感動。肯定是因為除了這家店，我還吃過了各種拉麵。簡單地說就是胃口被養大了。

要將其視為成長還是感覺麻痺，因人而異。唯一可以確定的是，這家店已經無法滿足我。

旁邊的由比濱把她自己的湯也喝得一乾二淨。

「謝謝招待——！超好吃的！」

「……謝謝招待。」

我站起身，平常都會喝光的湯剩了一半以上。

× × ×

「今天謝謝你！」

走出店門，由比濱笑著跟我道謝。

「還有……對不起。」

「嗯？喔，我今天確實沒打算吃拉麵，不過我也很久沒來這家店，挺懷念的——」

「不是的。」

由比濱搖頭說道，露出帶有淡淡憂傷的笑容。

「吃到一半我就發現了……你吃得不是很開心。」

「……！」

「你沒有特別喜歡這家店呀。」

「不是！妳誤會了——」

妳誤會了。不是妳想的那樣。以前我真的很喜歡這家店。

這家店和由比濱都沒有錯。我試圖說明。硬要說的話，錯的是我——

「可是！」

不過在我開口前，由比濱結衣——用走在周圍的人會反射性回頭的宏亮聲音說道。

「我覺得非——常！好吃!!」

「…………由比濱……」

「走進這家店純屬巧合……或許對你來說不是太好吃的店，而且你本來就是被迫陪我的，可能沒那個心情吃拉麵，可是我…………哈哈……我在說什麼呀？你聽不懂對不對？」

「不……我大概可以理解。」

「那個，也就是說，這是我的第一步。就算對你來說稱不上太好的一步，對我來說這是最棒的一步喔。我想表達的是這個意思。」

由比濱上前一步。

她微微彎腰，抬起視線凝視我，輕聲說道。

「我會一步步慢慢追上來。然後……總有一天一定會追上你，抓住你。」

「……是嗎？」

「嗯。沒錯。」

那是曾經有過的對話。

由比濱結衣就是這樣的存在。鬧脾氣、扯後腿、給人添一堆麻煩，卻還是會往目的地邁進。

那是——只有由比濱擁有的對未來的展望。

這傢伙會將其化為現實。

是連我跟雪之下都得不到的特別力量。

必須持續捍衛的價值觀，也是存在的。

然而隨著日子一天天過去……其他感覺也會跟味覺一樣，逐漸變化吧。

我對此心存恐懼。害怕自己不再是自己。

跟堅持維持創業時的味道很像。失去特色，會被人拿去跟其他家拉麵店相提並論。不改變的話，至少能保有尊嚴吧。

若是如此，說不定在跟由比濱結衣度過的期間，我對拉麵的感情也會再度產生改變。還不知道會變成什麼樣子。

不過，目前我可以說的是——

「……對我來說，今天也是不錯的經驗。」

「真的嗎？」

「嗯。如果我是一個人來，心情大概會更微妙。」

——跟別人一起吃的飯更好吃。

我否定了這句話。至今我也依然相信，一個人吃拉麵才是最棒的。

但這個事實未必和否定其他吃法畫上等號。

「能跟人聊拉麵也挺開心的。」

「啊——你平常話都講不清楚，一提到自己擅長的領域，口齒就會突然變清晰。」

「我告訴妳，那是最不能說的話喔？」

講了會開戰喔？

「下次來的時候，我要介紹我選的最好吃的口味給你！吃完後一起分享感想。」

「……聽起來滿有趣的。」

「呵呵。對吧？」

「嗯，不過……」

我拿出一直震動個不停的手機。

「別變成這樣喔。」

「嗚!?」

找店的途中吃沾麵的途中甚至現在，平塚老師都在狂傳拉麵情報給我，由比濱看了嚇得要命。

看到這種東西反而會讓人短期內不想再吃拉麵，所以不用擔心由比濱晚上在千葉街頭閒晃，真是太好了。

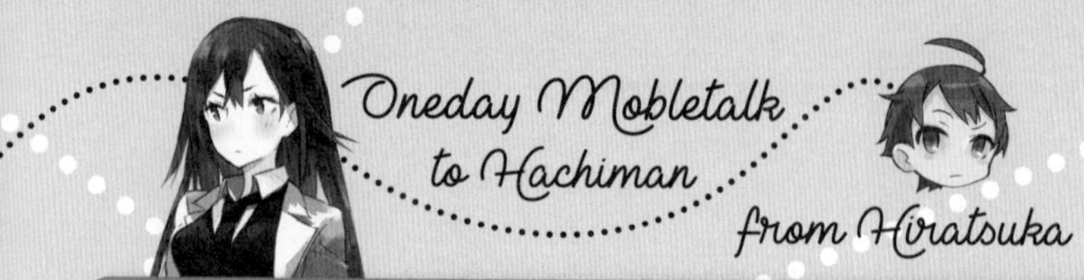

FROM 平塚靜 18:32

TITLE nontitle

不好意思，今天放學後在社辦打擾那麼久。除了喜歡吃拉麵的你以外，其他人都有點被我嚇到呢（笑）話說回來，由比濱同學竟然沒在外面吃過拉麵，不覺得有點驚訝嗎？不過女生就是這樣。我也是上大學後才正式踏上拉麵店的開拓之旅。要趁這個機會分享我迷上拉麵的契機也是可以，但現在我想先專注在介紹能讓第一次吃拉麵的由比濱同學不會後悔的店家上。男生和女生重視的點不同，我把你可能會疏忽的地

FROM 平塚靜 18:34

TITLE Re

超過字數限制了。原來還會限字數啊。開場白就講到這邊，趕快來推薦千葉站附近的拉麵店吧！候補太多了，很難篩選，不過這是我實際在晚上去吃過的經驗，沒被美食網的評價影響，讓我介紹一下。那就是！「武藏家」的富士見店。遺憾的是，繁華街的家系拉麵店因為太重視翻桌率，確實有店家會使用現成的湯頭，但這種情況絕對不會發生在這家店上。傳到店外的豚骨香氣徹底否定了這一

FROM 平塚靜 18:37

TITLE Re2

又超過字數限制了。我有點太激動了。講簡短一點。簡單說，這家店的湯頭是用豚骨熬出來的。而且白飯不用錢，還能自由續飯！你那麼會吃，應該很高興吧（笑）麵是武藏家特別跟酒井製麵訂的。以前我介紹過「增田家」，這家「武藏家」富士見店不只味道，還能享受店員營造出的活潑氣氛。所以那家小店的女性客人意外地多，我也有點驚訝。是說你是不是在想「這傢伙都在介紹家系拉麵耶」？曾經轟動一時的家系拉麵確實逐漸退熱潮了，但那是因為這個文化已經成熟

FROM　平塚靜　18:39
TITLE　Re3

超過字數限制。我有點太急躁了，可是你放心。這就是最後一封。我想說的簡而言之就是，拉麵正在往女性也能享受的料理……真正的國民食品進化。不對，它已經飛出日本，振翅飛往世界了。希望由比濱同學也能理解拉麵的美好之處，我相信你一定能回應我的期待！

FROM　平塚靜　19:42
TITLE　Re4

為什麼不回我？

FROM　平塚靜　20:03
TITLE　Re5

你在吃拉麵嗎？

FROM　平塚靜　20:12
TITLE　Re6

喂……（泣）

FROM　平塚靜　20:16
TITLE　Re7

我難過

插圖：ponkan⑧

潛行技能（Lv.MAX）比企谷八幡的災厄

田中羅密歐

插畫：戶部淑

「唔咦咦咦咦咦咦咦咦咦!?」

某天早上，我忽然發現。

我好像不小心把等級練滿了。

什麼東西？當然是技能啊，技能。

哎唷，最近不是很流行嗎？被車撞死，轉生到異世界，打開狀態欄畫面後深深感受到新的人生揭開序幕了。

如果地球上也有在我出生時不小心賦予我邊緣人屬性（詛咒），於是給了我超強技能跟領導才能屬性以示賠罪的超溫柔神明就好了。我也好想開無雙被人捧得跟神一樣。

不過啊，奇諾（註8）也說了，世界並不美麗。明白這個道理的我，一面被殘酷的現實摧殘，一面放空腦袋不停在迷宮（學校）練等，結果好像不小心把技能等級練滿了。人生卡關的話還是去刷學校副本比較穩。

根據我個人的感覺，我的素質大概是這樣。

八幡／17歲／男
身高／175公分　生日／8月8日　血型／A型
潛行　LV9（MAX）
誘惑抗性　LV9（MAX）
木人拳　LV9（MAX）

先不說潛行，誘惑抗性是那個吧。讓我在有女生玩懲罰遊戲跑來跟我告白時，不會因為太高興而答應的技能吧。萬一我興奮得把對方的告白當真，會被全班的人嘲笑「哇——自戀谷真的答應了耶——！笑死！」。這壓力大到不容忽略!!跟那個時

註8《奇諾之旅》的主角。

候，一樣!!

不過，我忍得住。

即使有女生對我示好也百分之百是美人計，數不清的虐心親身經歷，將我鍛鍊成這個樣子。給我滾！

那木人拳又是什麼？那個，是那個嗎？知道的人就知道的那個。呃，可是我又沒在地下遇到被鍊條綁著的壞師父，也不會只把肉包的皮扒下來吃……（註9）詳情我自己也不清楚，總之這個技能我也練滿了，的樣子。

至今以來，我的潛行技能都非常厲害。

只要符合條件，真的連家人都不會發現我在他們面前。境界如此高深。潛行者自閉男這個稱號可不是浪得虛名。

而那個技能……練到滿等了？

我自己也很難相信，但似乎是真的。

至於我為何會發現，因為我早上起床時照了鏡子。

『唔咦咦咦咦咦咦!?』

鏡子竟然照不出我的模樣。

註9 電影《少林木人巷》的劇情，日本譯為《少林寺木人拳》。

本以為是這樣，仔細看還是看得見。太好了。我是存在的。

可是有一瞬間，我的存在感確實達到零的領域。連我自己都能騙過的自我隱身。究竟是什麼狀況!?

「唔～～喵……這是哈欠聲。不是裝的，不是裝的。是天然的。」

在無人的客廳中，我妹小町好像醒來了，還一邊自言自語地解釋。妹妹啊，沒有比自己說自己天然更做作的行為囉。

我從鏡子前面走向客廳。走路沒發出腳步聲。不如說不會發出腳步聲。滿等的潛行技能使我下意識隱藏氣息。喂喂這是被動技能嗎？不能開關喔？我這角色做壞了吧。不過我在另一種意義上說不定真的做壞了……社交能力方面。

是說小町那傢伙，竟然沒發現近在身旁的我。我們明明是一家人，真可悲。無視家人很傷人喔。

喂，小町！

為什麼發不出聲音？搞得我像有段時間沒跟人說話的人。真的發不出聲音耶。連在便利商店說一句「好」都會卡住。啊，對喔，昨天因為是國定假日，我整天都沒跟家人說話。但只有一天耶？到我這個等級，短短一天就能體驗長達數個月的繭居族生活嗎？喂喂喂，我是無的化身還是什麼東西嗎？開什麼玩笑。不僅隱身還連聲音都發不出，已經不是IMBA狀態，而是影薄狀態了。

「……小……町……」

「問號子？小町好像聽見什麼聲音？」

小町講出一個像問號擬人化版的裝可愛的詞彙，東張西望。視線直接從我上方通過。她真的沒發現我。

「小町，再怎麼說這也太傷人了！我在這裡！」

從丹田發聲，好像發出了聽得見的音量。小町的目光游移不定，不久後集中在我的臉上。

「啊，哥哥？你什麼時候出現的？」

「其實……我一直……都在……只是妳……沒發現……」

「喔喔，這樣呀。今天的隱形度比平常更高，好厲大喔！聲音也有點不穩定，是不是有雜訊呀？」

厲害＋強大……嗎？

「今天……我的喉嚨……好像啞掉了。」

「像十公尺外超小聲的廣播。」

聽起來是這樣的聲音啊。的確，這樣跟她講話她也不會有反應。是嗎……我的喉嚨啞掉，講話會變得像遠方的廣播聲啊。難怪我跟人講話三次裡面會有一次得到不知所措的反應還會遭到無視。原來我的聲音不是帥哥聲而是廣播聲。連聲音都沒生氣。

「哥哥，你今天好沒存在感喔？停止呼吸了嗎？」

「並沒有，我又不會用神的不在場證明（perfect plan）（註10）。」

不會在停止呼吸的期間消除存在感。

「嗯嗯嗯~？好奇怪喔。是哪裡奇怪呢？」

小町目不轉睛地觀察我的臉。被她看著好棒喔……有種存在得到承認的感覺。

不過，小町頻頻眨眼，彷彿看丟了我。難道連在凝視我的途中都會看不見我？

咦，這麼誇張？滿等的技能這麼厲害？

「啊，小町知道了！是因為頭髮變長了。」

「嗯？我最近確實覺得頭髮有點煩。」

我用手指捏住瀏海拉長。瀏海把眼睛遮住了，所以我現在的髮型超像那個。就是那個，鼎鼎有名的鬼太郎的髮型。老爸是眼珠老爹的那位。順帶一提，我的頭頂偶爾也會豎起跟妖怪天線一樣的呆毛。和立起來的茶梗同等稀有，發現的人儘管膜

註10《獵人》中的角色梅雷翁的能力。停止呼吸的期間能消除自身的存在感。

拜吧。

話說回來，我還想說怎麼那麼暗，原來是瀏海遮住了陽光。平常我都在度過昏暗的青春，導致我沒發現物理上的昏暗。

「有人在家嗎？」

我用撥開門簾的動作撥開瀏海。喔喔，好亮好亮。家裡變亮的話心情也會跟著變明亮呢。陰沉的個性則毫無變化。

「豈止有點。早該剪掉了啦。長毛怪，哥哥現在是長毛怪。」

可不可以別用那種應該有很多人真的被這樣叫的叫法叫我？

「呃，到我這個等級，不管是頭髮有點太長還是剪得清清爽爽，其他人對我的評價都不會有太多差異啦……」

「哪有。會注意的人就是會注意到。難得的三連休，要不要去剪一下？」

「……嗯──」

除了懶得剪外，其實還有另一個祕密原因。可以說那個原因才是真的。

講白了就是錢。

通常是一個月剪一次頭髮。美容意識高的人好像會剪兩次，但那是資產階級的特權。身為無產階級的我，一個月最多只能剪一次頭髮。不，嚴格來說，是一個月都剪不到一次。

藉由一天天拉長剪頭髮的頻率，能夠一點一滴地省下家人給的理髮費，私藏起來。具體上來說就是每三十五天去剪一次，一個月就能賺到五天。我成功靠這招鍊金術讓零用錢增加了一些。這應該是國高中生主要的零用錢節約術之一。去百元剪髮的話還能省更多錢，但滿容易被發現的。不如說我就被發現過。

向小町說明過後——

「那是不好的技術喔，壞哥哥。」

「我有不少開銷嘛。」

「小町認為是因為你買太多藍光和漫畫。」

「與其說買，不如說我在促進。」

「促進？促進什麼？」

「日本經濟發展。」

小町嘆了口氣。

「哥哥，別講那麼難笑的話。只會拉低你的價值。」

「妳說的價值是小町分數吧。太以妳為主了吧。」

「要促進經濟發展的話，多花點錢在衣服或頭髮上不也行嗎？」

「……小町，妳那件T恤多少錢？」

「這是便宜貨，一千兩百日圓吧？很便宜吧？」

「便宜嗎？值兩本小說耶……」

「抗議。那種想法是不好的。」

要花一定的錢在食衣住上是無可奈何。這我明白……儘管不想這麼做，這也是一門知識。我必須用名為現實的鐵鎚打醒小町！

「妳知道嗎？衣服是布喔？」

「哥哥知道嗎？輕小說是紙喔。」

「喂，住口，別說了。」

被用同樣的話反擊了！

這個話題是不能碰觸的禁忌嗎……

「對不起小町小姐，我知道了。整理儀容非常重要。」

「知道就好。」

她一臉得意。明明在笑，卻有種心懷不軌的感覺。安達充風格的笑容。

「說得也是。反正我沒其他安排，去剪頭髮好了。」

順便去吃我的靈魂料理拉麵吧。一輩子能吃拉麵的次數有限。尤其是有自閉傾向的我，外出頻率比一般人更低。得趁能吃的時候多吃一些。對了，平塚老師之前推薦我一家店。99％的體脂肪由背脂構成的拉王——平塚靜推薦的店。照理說不可能是雷店，趁這時候吃吃看還不錯。記得是叫虎之穴？根據網路上的情報，那家店位在稻毛。喔喔，完全在我的活動範圍內。

好，剪頭髮雖然麻煩，來去開發新店吧！

是說要去餐廳吃飯的時候常會用「開發」形容，這詞有點噁心耶。雖然我自己也滿常用的。

由於店裡客滿，我坐在店門口的長椅上等了十五分鐘。明明有好幾個客人出來，店員卻沒叫我進去……

我稍微打開店門，朝裡面呼喚。

「那個……吵吵……不好意思……吵……還沒有位子嗎？」

我的廣播叫住店員……並沒有！叫不住！店員直接從我面前走過去！因為我開口叫人的時候不小心咳了一下，雜音變大聲了。被動潛行技能太強啦！

「啊，駿駿！這裡有空位！咦、咦？我好像坐到什麼東西……？」

「唔啊啊啊啊啊!?」

忽然有個不認識的女人坐到我大腿上，害我不小心叫出來。

「哇！」

她嚇得倒彈。疑似同行者的男人（大概是男友）慌張地問「喂喂喂怎麼了」。看起來完全沒發現我的存在。

受到驚嚇的我點燃了惡作劇之魂！

「對不起駿駿！我的老毛病痔瘡好像發作了！」

「咦咦，原、原來妳有痔瘡……我都不知道……這麼年輕就有這種老毛病啊……」

「咦咦？駿駿，你在說什麼？我沒有痔瘡呀！是說剛才是誰模仿我說話的!?」

「欸，小瑠，長痔瘡還吃這種刺激性食物不好吧？要不要改吃對屁股溫柔點的？」

「就跟你說我沒長痔瘡了！欸，是不是有人在模仿我？應該坐在這張長椅上。」

「沒、沒啊，一直都是空的……」

駿駿一臉困擾。小瑠則因為憤怒及羞恥的關係，臉紅得跟番茄一樣。不過這顆番茄血管都爆出來了，可能會殺人……

「真的有人坐在這啦！絕對有！我屁股軟軟的！啊，這麼說來，我好像有坐到硬的東西！大概有！一定有！確定有！肯定是基於下流的目的來碰我的！那傢伙是色狼——！」

妳是般若嗎？

親眼見證嫌疑逐漸變成冤罪的過程，我怕得發抖。而且這是自己相信那是事實的路線。太糟糕了。我很明白一旦在電車上被當成色狼，真的會活不下去。代誌真的大條啦！

順帶一提，她坐到的硬硬的東西是皮帶的扣環。我不認為她會相信就是了。滿等潛行技能救了我一命。

「小瑠，冷靜點……沒有其他人啦……對了，我想到一家更好吃的店……我們去那裡吧？不對，是我想去那家店。不是在擔心妳的痔瘡喔。痔瘡是誤會對吧？我相信妳……不管怎樣，我們去更溫柔的店吧，我希望妳恢復成平常那個溫柔的小瑠……」

哇，駿駿好棒。情侶還真辛苦。只有做得到那種事的人才交得到女朋友吧。我實在沒辦法，以相親結婚為目標好了。

……總覺得沒心情吃拉麵了。又被店員無視也很傷人。先去剪頭髮吧。

我走在路上，想隨便找家店剪髮，感覺到強烈的異樣感。

……其他人走路都沒在閃我？

平常人們都會主動避開我。尤其是年輕女性，這個傾向更加強烈。至於比我小的女生，大部分的人看到我的臉就會跟魔球一樣急轉彎，繞出一道弧線遠離我。

之前我遇過一個走「我就是我，大人與我無關」路線的世界叛逆期系女生，大搖大擺地走在路上，一走到我面前就突然尖叫，閃到路邊，瑟瑟發抖。她在同學眼中八成是走冷酷路線，難以接近，遇到我就跟小鹿一樣呢。哈哈哈，怎麼樣？吾乃走路王……對我來說走路毫無難度……毫無……嗯？怎麼回事？胸口傳來一陣刺痛……

順帶一提，年紀愈大的女性反而愈不會躲我。五十歲以上甚至會呵護我。人類等級超過五十的時候，精神抗性果然也會升到滿等嗎？

回歸正題，就只有今天，路上的女生完全不會躲我。甚至會跟我擦肩而過。怎麼可能！這樣我都能在電車上坐在女高中生旁邊了。從宇宙物理學的角度來看可能發生這種現象嗎霍金博士！

不過存在感低到這個地步，反而有趣起來了。

惡作劇之魂再度燃起。

要不要做一下呢？潛行等級滿等的人該做的事。

我盯上前方跟我往同樣方向前進的一對母女。

年輕的母親及年幼的女兒。以目標來說再適合不過。現在，我要做的是可能因為太過可疑而被警察抓走的危險行為！

我快步逼近那對母女。從毫無防備的背後。然後……超過她們。

嘿！

成功了！……超車。

日本危機意識最高的存在乃帶著年幼女兒的母親。其危機意識之高，光是男人站在路上都會去報警。剛才的超車行為罪行則更加深重。是如果附近有數名上班族，當場被壓制住都不奇怪的性犯罪。

若我的潛行技能沒發動，照理說會看見「今天下午一點左右，千葉市稻毛區有一名年輕男子從背後快步追過一對母女」的新聞。

然而。

「媽媽，剛剛好像有人從我們旁邊經過。」

「沒人呀。不會有人在人這麼多的地方做那種怪事啦。」

「真的有啦……」

超車真的被當成可疑行為看待。幸好我有潛行技能。

話說回來，看來小孩子果然感應到了我的氣息。我的這個技能，恐怕是社會方面的潛行。也就是消除社會上的存在感的透明化。因此對於經過社會化的人有效，對孩童則無法徹底藏住。

厲害喔。只要鍛鍊這個技能，搞不好我總有一天能抵達魯邦三世的境界。不過偷竊是犯罪行為。要偷的話得偷不構成犯罪的東西……就是妳的心（帥氣）。

這時，大約前方十公尺出現我認識的人。

那傢伙莫非是!?

呃——跟我同班，講過幾次話，隸屬於葉山的小團體的那個輕浮男……喂尼肯斯，你叫什麼名字？我是炸彈魔。（註11）

想起來了。是葉山集團裡面的輕浮男，關口。我亂講的。

不開玩笑了，那傢伙是戶部，我沒記錯的話……

戶部正在從正面走來。跟在學校的時候比起來，有點無精打采。該說沒氣勢嗎，整個人懶洋洋的。難道這是沒有刻意塑造形象的狀態，也就是所謂的無個性狀態？意即完全沒有裝模作樣的本性，在家跟媽媽說話時的模式。多開朗的人，在家裡跟媽媽說話時都是無個性狀態（和媽媽感情很好的女生除外）。簡單地說，無個性就是對方真正的個性。教室真可怕，每個人都不能以本性示人。

不過，在這種地方遇到他真的太巧了。以目前的狀況來看，會跟他擦身而過……要跟他打招呼嗎？畢竟我們不算陌生人，而是同班同學，最好打聲招呼，不過……嗯，老實說，好麻煩（註12）。關口……不對，戶部確實是我認識的人，但我跟他一點都不熟。要說的話就是陌生人以上朋友未滿。勉強可以互相無視吧？對方也會這麼想吧？我們都能輕鬆自在的溫柔世界降臨了對吧？

註11 漫畫《獵人》的梗。
註12 關口Mandy為日本的舞者，「Mandy」與「麻煩」日文音近。

……不，從正面走過來實在不能無視。他可能會覺得我完全帶有惡意。沒辦法，打聲招呼好了。我看準戶部接近的時機，用我認為最自然的態度跟他打招呼。

「嗨。」

「…………」

我帥氣的聲音叫住戶部……並沒有！叫不住！戶部直接從我面前走過去！在這麼近的距離無視未免太殘忍了！殘——忍殘——忍（註13）！我纖細的心如同烏龍麵般從內心的傷口溢出！困難的是，我分不清這是潛行技能害的，還是戶部故意無視我。不對，我剛才是從丹田發聲耶？既然如此，看我叫住他直接確認。

「喂，戶部。」

「……咦？」

我開口呼喚他，戶部四處張望。視線從我的臉穿過去。他果然也沒發現我的存在。確定是技能的影響。

我留下東張西望的戶部同學，離開現場。這個技能是被動技能，無法憑我的意志操控。

厲害到這個程度，我開始懷疑是不是真的能利用它做壞事。話雖如此，身為

註13　漫畫《劍豪生死鬥》中的童謠歌詞。

一介庶民的我也想不到什麼壞事可做，真是暴殄天物。給鬼拿檜木棒，給弁慶拿竹槍。不對，鬼和弁慶拿這些武器應該也挺強的……

總之就算遇到認識的人，對方也注意不到我，看來我可以省下煩惱和躲躲藏藏的時間了。

咦咦咦，奇怪。我明明在用自己的技能開無雙，卻一點都不開心……每當潛行技能發動，都會在心中留下一道道傷痕喔。我的心靈治癒技能何時會覺醒？

算了……隨便找家店剪頭髮隨便找家店吃拉麵然後回家吧。回到我那沒有東西能傷到我的溫暖房間……

在路上走了一會兒，我發現一家時髦的美容院。光憑外觀就看得出來。這裡八成是年輕女性超愛的理髮廳。既然如此，美容意識高的年輕男性應該也會很愛這家店。價目表上也有寫男性OK。但我很煩惱要不要進去。對我來說有點太高級，有時候這種店還會是預約制。

再說，我以前在踏進某家美容院的同時被店員用「啊──不好意思我覺得你這類型的人不適合我們這邊的風格喔。要不要去其他店看看」趕出去，留下了心靈創傷。這位太太您聽見了嗎？他說風格耶！你們可是時尚的理髮廳趕客人的時候斟酌一下用詞吧。

所以，不去這家店。在我經過店門口之時，認識的人打開門從中走出。

「謝謝——☆我會再來的——☆」

跟送她離開的店員道謝的少女，竟然是由比濱結衣。她看起來比平常更閃亮，或許是因為剛理完髮。那個少女特效是什麼鬼？是少女動畫中會有的萬人迷學長的登場畫面嗎？連語尾都有☆在閃爍，太閃亮了吧這個女高中生。別太得意忘形喔？

雖然已經習慣在社辦跟她見面，在外面遇到認識的人還滿尷尬的。都認識這麼久了，是不至於難為情或嫌麻煩，可是會導致精神上的疲憊。然而現在的我擁有技能。我決定靠潛行技能直接走過去。

嘿！

……好，潛行成功。

我若無其事地經過由比濱面前。由比濱沒發現我的存在。以這個距離來說，通常一眼就會看出來。不過放心吧由比濱。不是妳冷酷無情。純粹是我太厲害。

在我走了十公尺，切換心情繼續尋找理髮廳的瞬間。

「自閉男？」

我的瀏海像門簾一樣被人撥開，由比濱的臉忽然探出來對我說「有人在家嗎☆」。私人領域嚴重遭到侵犯，我嚇了一大跳。

「呀啊啊!?」

「哇，嚇死我……不要發出跟女生一樣的尖叫聲啦——☆」

會嚇到很正常好不好。妳這叫奇襲攻擊。平常可是會直接開戰的。勿忘珍珠港。勿忘我的臉。

「妳、妳怎麼認出我的？」

「你剛才從我面前經過呀☆不過感覺跟平常不同，我一瞬間還以為是別人。」

「妳不是把我的瀏海撥開跟我說你好嗎？換成不認識的人，可能會羞愧到死喔。」

「唔……有可能。哇，想到就覺得好難為情——☆」

由比濱似乎沒考慮到這個可能性，害羞得抱住頭。

……這種人都不怕出糗或失敗的。

所以才會滿不在乎地跟不認識的人搭話，拉近彼此之間的距離。或許也會有失敗的時候，但她會反覆挑戰，最後朋友圈也隨之擴展開來。打個比方，就像人際關係的打帶跑。不對，不是跑……不是遠離，是主動擁抱對方，所以該稱之為打帶抱吧。順帶一提，邊緣人的交友策略是穴熊。等待別人跟自己搭話。突然使用將棋術語這一點也很符合邊緣人的作風。

「可是跟我猜的一樣，真的是你嘛，那就沒問題了☆」

「啊，妳去剪頭髮了？整個人閃閃發光的。」

「咦……看、看得出來嗎？今天我只是去修一下，你看出來啦☆……呃，你看見我剛才從店裡走出來了對不對！」

她嬌羞的表情瞬間變成幻滅臉。所謂的幻滅臉，是指眼睛變得跟叉叉一樣的那個漫畫表情。是說妳幹麼一瞬間露出「你看出來啦！我好高興！」的純潔氣息。開這個玩笑的我反而不知道該做何反應。

「那你現在在幹麼？」

她稍微沒那麼興奮了。那個煩死人的☆也消失不見。是跟精神狀態連動嗎？

「嗯，我想剪個頭髮。頭髮長太長，好像害我形象也變了。」

「啊，嗯。連假前我就覺得你頭髮長好長喔，今天又更誇張了。挺糟的。」

「喂，『挺糟的』是什麼意思？頭髮長長一些會糟到哪去啦。」

「……呃，就，被警察抓走，之類的？」

「被警察抓走!?」

我現在這麼慘嗎？討厭，騙人的吧？

「啊，不是說會被立刻抓走啦……不過，那個，有種會做壞事的感覺。那個，例如，炸彈？」

「我跟妳說妳那句話幾乎可以說是中傷了。」

「嗯？什麼意思？對炸彈魔很失禮嗎？」

相反。是對我的歧視。衝擊性發言。因為在由比濱腦內，我的地位比炸彈魔還要低一點，她才講得出剛才那番話。

她好像自己意識到了，「啊！」了一聲，急忙解釋起來。

「不是的。」

「不是嗎？」

「我真的沒有那個意思……只是有點超出容許範圍……」

這說法更傷人了。妳都靠自己的力量發現自己很沒禮貌了，給我注意到最後啊。

「絕對……俺絕對要去剪頭髮！再也不會讓人說我超出容許範圍！」

我全身散發氣勢，下定決心。

「啊，那要不要去剛才那家店剪？我幫你介紹吧？前陣子雜誌和電視節目介紹過那家店，現在在女生之間很紅喔。還有優惠券。」

「咦，不要，我不想去那種潮店。我要去更隨便的地方……」

「我倒覺得每家美容院都是那樣。」

「偶爾會有感覺有點雷的店。」

「感覺有點雷的店不能去啦。小心被剪成奇怪的髮型。」

「事到如今，剪得怎樣我就不計較了。」

「咦，為什麼……？搞不懂。找家正常的好店剪啦。」

「正常的好店不會想剪炸彈魔的頭髮。」

「哪會！你好像又誤會了，那是工作，所以人家會好好剪啦。別拖拖拉拉了，走吧！對了，我來幫你跟設計師提要求！」

由比濱臉上綻放笑容，大概是很滿意這個主意。

我則精疲力竭。精神疲勞值達到ＭＡＸ（不是咖啡的那個ＭＡＸ）。我現在可以消耗計量條放出大絕喔。

超不想當非主流的客人。我只想趕快進店裡趕快剪一剪趕快回家。連這點小事都有困難，果然我所生活的現代社會搞錯了。果然得由我親手糾正這個社會嗎？哈，有這種扭曲的想法是不是會變成炸彈魔……？

「……拜託饒了我吧。那種店我真的不能接受。店家討厭我這種客人，我實在無法滿不在乎地踏進去。」

「才不會……」

「妳真的覺得不會？他們會歡迎守備範圍外的男性嗎？」

由比濱瞬間語塞。她的沉默就是答案。連認識我又本性善良的由比濱都在猶豫了，一般人應該會更加誠實地表達自身的厭惡感。

「就是這樣，有自知之明的我要去更適合我的店。」

「自閉男……」

由比濱難過得眼泛淚光。但她立刻露出燦爛的笑容。太過燦爛。妳是電燈泡嗎？

「對了！我有個好主意，我來幫你剪如何？」

「……啥？」

我沒有惡意，不過平常由比濱說的話，大多都在預料範圍內。就是普遍的觀點、好聽話之類的。而現在，我覺得那是完全料想不到、來自異次元的提議。

「妳來幫我剪頭髮？認真的？妳會剪嗎？」

「當然不可能剪出多正式的造型啦，不過我在理髮廳常看設計師幫男生剪頭髮，修一下還是會的。」

「咦咦，有難度吧。要是剪成超怪的頭怎麼辦？可不是一句抱歉就能解決的喔。」

「我就直說了，你偶爾會頂著一頭亂翹的頭髮來上學對吧。」

「……啊——」

「我覺得那種人會在意自己髮型怪很奇怪。句號。」

「……嗯，或許吧……………………妳說得沒錯。」

我想了一下該怎麼回答，卻無言以對。（遭到）駁倒。

「修一下是怎麼個修法？」

「看你想修成什麼樣子，但我頂多用剪刀幫你稍微剪短。」

「會不會一個不小心就被剪成莫霍克頭？」

「怎麼可能——！不如說我哪剪得出來——！莫霍克頭要用剃刀剃吧？辦不到辦

不到辦不到。」

那風險沒我想像中的大。只是修一下的話，就算剪壞，只要再去理髮廳重剪即可。

「……可、可以麻煩妳嗎？」

「可以呀。反正我等等沒事，完全沒問題。」

「那……就交給妳了。髮型一變，好像害我給人的印象變超多。」

「嗯。附近有公園，在那邊剪怎麼樣？」

我有點擔心在公園做這種事會不會被警察抓，不過光是跟由比濱在一起，就能大幅降低世人心中的可疑度。還能免去各種跟剪頭髮有關的麻煩事，又沒風險，我的幹勁瞬間提升。

而且……冷靜一想……這可是讓女生幫你剪頭髮。不是很棒嗎？

「萬事拜託了。」

「咦？我怎麼突然感覺到一股寒意……奇怪……今天明明很溫暖呀……」

女生生理上的厭惡感好敏銳……

稻毛的公園是將簡樸的公園形象直接化為實體的場所。旁邊就有一座松樹林，附近好像還有稻毛淺間神社。因此這邊也隱約感覺得到莊嚴的氣氛……並沒有，是座普通的公園。

人沒有想像中的多，看來很多家庭不希望假日午後也在簡樸的公園度過。呼，這樣就不會有人因為「公園有一名年輕男子」而報警了。

「買好囉──」

剛才由比濱先叫我坐在不起眼的地方，然後就不知道跑哪去了。

「妳買了什麼？」

「旁邊有百元商店，我去買了一些東西。」

她買來一把尺寸過小的剪刀和塑膠梳。

「把紙袋剪開……這個套在脖子上。」

她用包裝紙做了類似簡易圍布的東西。動作挺俐落的。

「這是雜誌上的ＤＩＹ剪髮特輯教的。用來接剪下來的頭髮的簡易圍布。我其實很有興趣，不過自己幫自己剪頭髮好可怕，所以我一直不敢試。」

「我是實驗體的意思。」

「放心！我會很溫柔的！」

啊啊，這傢伙八成沒發現自己講了色色的話。我也不會告訴她啦。

由比濱站到我後面，兩手拿著剪刀及梳子，咧嘴一笑。

「這位小哥，你還是學生嗎？」

「……本來是學生可是輟學了現在是資歷三年的家裡蹲。」

「不要中斷話題啦！會害人聊不下去！」

「抱歉，這是我的習慣，不小心就。」

「原來你平常都這樣……」

「有些好店不必這樣牽制，剪頭髮的時候也不會多說廢話。」

順帶一提，懂得察言觀色的美容院，在這方面也會一眼就看出客人不想聊。反過來說，不懂這個道理的店家會拚命問問題，硬要跟你聊天。那種店我就不會再踏進去。

「跟設計師聊天很開心的說。他會跟你聊很多事喔？」

「啊——不必。我又沒興趣。」

「這位同學你很難搞耶。今天想剪成什麼樣子？」

「隨便。」

「自閉男，你真的很難搞！」

她一下就放棄扮演設計師，唉聲嘆氣。

「呃，我講不出那麼詳細的要求。又不像妳們，研究時尚研究得比念書還認真。」

「可是隨便會讓人很困擾……畢竟不知道你有什麼樣的地雷嘛？」

「沒有設計師聽見隨便會幫你剪莫霍克頭吧。看我的體型剪個差不多的長度就行，有那麼難嗎？」

「嗯——————」

看來很難。身為邊緣人的我，覺得這也是跟設計師溝通的難處。

「從妳的角度看，我現在的髮型哪裡奇怪？」

「我想想……整體上來說長度太長，所以整個人的輪廓都變了……啊。」

由比濱好像發現了什麼。

「怎麼了？」

「我知道了！是因為瀏海把眼睛蓋住，讓你給人的印象大轉變。」

「怎麼個轉變法？」

「你的眼睛在不好的意義上很有特色。一眼看過去，大部分的時候都會注意到你的眼神……」

嗯，因為我眼神凶惡嘛。

「遮住眼睛的話，怎麼說呢……嗯嗯。」

由比濱一副難以啟齒的樣子，支吾其詞。

「沒關係，妳說啊，厲害的設計師小姐。」

「……嗯、嗯。那我就說了……看不見眼睛的你，路人味超重的。」

「路人味……？」

我瞬間受到打擊，同時也能接受。原來如此。死魚般的眼神，是用來辨別我的最大特徵嗎？

「而且還不是單純的路人……是路人中的路人？已經超越『常見的人』的等級，而是待在哪都能自然融入的……背景？舞臺道具？的氣質……」

的確，連小町都差點沒發現我，由比濱的形容應該是正確的。什麼？我的魅力點只有死魚眼嗎？沒有其他的嗎？是說這也不叫魅力點。叫弱點。是弱點呢。至今以來大家都是靠弱點辨別我的嗎？

「欸、欸……那不是代表我的人生幾乎沒救了嗎？」

「咦咦，為什麼？」

「常有人說我眼神凶惡。我自己也知道這是我的缺點。假設未來我改掉了這個缺點……不就沒人有辦法記住我了？」

意即不能克服缺點，也不能不克服缺點。

「自閉男……別擔心！不會的。我會想辦法！」

看我這麼不安，由比濱似乎鼓起了幹勁。

「具、具體上來說，要怎麼做？」

「既然是髮型的關係，剪頭髮就能解決了。」

「不過只會剪一些吧？這樣有用嗎……」

「哼哼。」

由比濱信心十足。

「就算只剪一些，給人的印象也會差很多喔。」

「喔喔……」

由比濱平常絕對稱不上強勢，現在卻難得這麼有自信。討厭，跟平常的她形成反差，讓人覺得好可靠。如果是這孩子，我願意把我的頭交給她……

「把瀏海修短一點，露出眼睛吧。光這樣就會產生劇變。」

劇變……巨變？巨型變態嗎？這個想像害我嚇了一跳。沒事，今天的由比濱不會有問題。我，相信，由比濱。我要，依賴，妳。（註14）

「我早就想玩玩看男生的頭髮了——！」

什麼嘛，只玩頭髮就滿意了嗎？要玩我的各種部位我也不介意喔……我懷著把全身獻給她的心情，閉上眼睛。下一瞬間。

喀嚓。

「啊。」

註14　惡搞自遊戲《女神轉生》系列中，與惡魔交涉時獸系惡魔會說的臺詞「我要，吞了，你」。

喔，聽見挺豪邁的聲音。應該剪了不少的量吧？問我會不會擔心？不，完全不會。雖然很不符合我的個性，今天的我想相信由比濱。她平常看時尚雜誌的認真程度跟考生一樣，值得我這麼信任。所以，那個「啊」是什麼意思？

「對不起自閉男！我不小心剪成平瀏海了！」

「什、什麼？」

我瞪大眼睛。然而這裡只是一般的公園而非理髮店，沒有鏡子，不能檢查自己的模樣。

「喔喔，看得好清楚。清爽多了……不過平瀏海是什麼？平流層的兄弟？」

「不對不對，是指一字型瀏海……」

那我知道。就是把瀏海剪齊嘛。滿多動漫角色是那個髮型的。等等等等，意思是我被剪成那樣了？我變成萌系角色了？還ＴＳ（性轉）了？討厭，對我來說太早了啦……

「鏡、鏡子……拿鏡子給我！」

「勸、勸你不要看！」

「可是不看要怎麼判斷……放心，我這人從小就習慣面對殘酷的現實。我承受得住……」

「你過著這種地獄般的人生嗎？唔，還是等我一下……說不定還有辦法。左右長度不同，總之先剪成一樣……」

喀嚓。

「嗚。」

「由比濱同學!?那個『嗚』是怎樣？曼波舞？」

「不到曼波舞的地步……還只是華爾滋……冷、冷靜點。還可能救回來。應該。可以可以。我有偷來的招式……」

這句話與其說是對我講的，更像在鼓勵自己……

「我、我相信妳。」

「前面剪太短了，的樣子……」

在由比濱英明的決斷下，我兩邊的頭髮被喀嚓掉了。為什麼妳每次都喀嚓一下就剪掉一堆啊。頭髮不是一點一點慢慢剪的嗎？怎麼能喀嚓呢。外行人的話必須維持在「喀……」的程度吧。這麼盛大的喀嚓連發，有點像一千日圓的機器剪髮。

「這樣的話……只能剪成二分區式了吧？可是剪刀剪得出來嗎……？」

「喂、喂，求妳不要冒險……我今天確實有種轉生者的感覺，但妳可不是冒險者……」

「轉、轉生？但不冒險的話，這個狀況……不對，還有最後一招……把頭髮剃光。」

「啥？妳說啥⁉」

我聽見剃光喔？

「沒、沒事……總之不能放棄，要努力到最後！」

由比濱拿起剪刀。

喀，嚓。

那個聲音象徵致命的凶兆。

「……呃啊。」

那個聲音也象徵致命的凶兆。肯定沒救了。

「對不起自閉男，有個非常悲傷的消息要通知你……」

啊啊，我徹底理解由比濱要說什麼了。

沒救回來。就是這樣吧。

我的瀏海恐怕已經……（流淚）但我做好覺悟了。本來就是我同意給她剪的。唯有責備由比濱這件事，我不會去做。我平常愛看的輕小說教過我。在這種時候，不要害女生哭！

我轉頭對她說：

「別放在心上。我不在乎髮型。所以妳也……」

「噗——————！」

由比濱一看到我的臉就噴笑，導致我的殺氣值立刻衝到ＭＡＸ（不是咖啡的那個ＭＡＸ）。這樣下去我應該會不小心使出超必殺技。

是說我到底有幾種計量條？這麼複雜的系統很難吸引新玩家喔！啊，所以我才交不到新朋友？我是適合核心玩家的人才啊！

「……我想破壞……妳的笑容……」

「對、對不起……明明是我剪壞的……真的對不……噗……可、可是！」

由比濱在真正意義上捧腹大笑。她之所以拚命將視線從我身上移開，是因為一直看著我的臉，會笑到停不下來吧。

「對不起！」

她大笑了一分鐘，終於平靜下來，深深一鞠躬。

「……沒關係……無所謂了……」

「咦，我聽不見。你的聲音聽起來像遠方的廣播耶？」

「…………」

我快要連說話的力氣都沒了。

「總之真的對不起。我在誠心反省了。我會負責到最後，做為小小的賠罪。」

「咦，妳還想繼續試？」

她的意思好像是「我反省過了所以我會做到最後」。咦，反省是這個意思嗎？我還以為「反省」是「再也不會了」的意思……

「是因為我才會變這麼慘……我絕對會想辦法補救的。」

「別、別在意。事到如今，只能交給專業人士了吧？」

「嗯。我就是打算這樣。回剛剛那家店，把原因解釋清楚，請人家幫忙吧？」

「妳、妳在開什麼玩笑？那種店啊，是只有被選上的人才能進去的約定之地。是被神選上的人的專用店。我是沒被選上的人，進去也只會給人家添麻煩。」

「好了啦，別管那麼多了，讓我對你負責！錢當然由我出！造型也完全由我負責！我不會讓你維持這個怪樣的！還有……還有附優惠券喔……」

這人快哭了。

我對女人的淚水、女人的笑容和女人生氣的表情沒抵抗力。幾乎包含喜怒哀樂四種情緒了。因為女人很恐怖嘛……

由比濱拉著表面看來是暫時停止狀態，內心卻在不知所措的我。我連踩穩腳步抵抗的力氣都擠不出來，只能乖乖被她拖走。

唔，要被帶去約定之地了嗎？行……事已至此，只能親眼讓她見識了。

如那位山本五十六所說，做給她看（看到店員拒絕我入店），說給她聽（看吧我早就跟妳說過），讓她實際操作（道歉），（故意）鬧脾氣，如此方能使結衣理解。

我做好要在時尚理髮廳受辱的覺悟。

本來已經做好在踏進店門的同時受到嘲笑的覺悟，看起來很輕浮的女店長（年近三十）卻和我的預測及外表形象不符（這樣講好失禮），設身處地地聽由比濱說明事情緣由。

「拜託了！我會付錢的！」

「那就收您五百日圓。」

「這麼便宜沒問題嗎？」

「徵模特兒的時候都是這個價。不過，模特兒是我們有需要的時候才會找的，平常不會接受客人的委託喔。」

「好、好的！不好意思，提出這麼強人所難的要求！」

由比濱不停道歉。

店員帶領我到已經關店的店內入座。

眼前當然有面鏡子。看見鏡子裡的人，我差點笑出來。從來沒看過這麼不協調的傢伙！不過那個可笑的人就是我呢，一意識到這一點就覺得憂鬱。咦，我頂著這顆頭走到這家店嗎？在眾多路人的注視下？對喔，好像有幾個人拍了我……我的照片被擅自傳到網路上了？

「嗯──以ＤＩＹ來說，真是大膽的剪法呢。」

「設計師剪起頭髮都是那種感覺，所以我不小心就……」

聽見由比濱外行的意見，店長沒有笑她，而是點頭表示理解。

啊啊，冷靜的態度真可靠……專業人士就該這樣。

「得把整個造型修得協調一點，我就依我個人的判斷修剪囉。」

「啊，好，交給您了。」

「您喜歡簡單一點的型對不對？」

「是的，不要太複雜……」

「那我幫您剪個留長後會很自然的造型。」

她咻咻咻地幫我把頭髮剪齊。

不是喀嚓。這個人剪頭髮的聲音不是喀嚓！

而且不會特別跟我搭話，就算我不知道該怎麼提要求也會幫我剪頭髮，太棒了……

「您是今天第三個來我們店裡的總武高中學生。」

這種店我還滿樂意光顧的，但平常營業時應該不是這樣吧。現在是特例。

「……該不會是一個叫戶部的人？」

「咦，戶部來了嗎？」

「哎呀，是兩位的朋友？」

「是同學。」

由比濱代替我回答。

「他在由比濱小姐剪頭髮的期間回去了，所以兩位才沒碰到面。」

這家店在每個座位間設置了簡易隔板，很難注意到其他客人的動向。

這家店好像很紅，戶部大概是來體驗的。但他的頭髮根本沒變短，是怎樣？他叫設計師幫他剪短零點二毫米嗎？

……總覺得，這樣也好辛苦。必須一直跟流行。雖然追最新的光之美少女對我來說也跟呼吸一樣自然……

「我們參考一蘭的作風，盡量不讓客人見到面。」

什麼!?

「是拉麵店的那個一蘭嗎？」

「是的，每個座位都隔開來，看不見旁邊的客人的那家店。我喜歡拉麵，可是女性要一個人去吃拉麵，需要一點勇氣呢。一蘭在這方面就不用顧慮那麼多。美容院不也是嗎？進店裡有難度。國高中時期，我也不太敢踏進高級的理髮廳。」

「原來如此……您看起來很時髦啊。」

「因為我費了一番心力打扮。學生時期我超陰沉的。」

「好難想像喔——」

由比濱說。

反應好平淡。對由比濱而言，大概有點難想像吧。她把這當成閒聊，聽過去就算了。我卻對此深有同感。

「好，差不多這樣吧。」

剪完了。沒洗頭也沒有其他服務，就只有剪髮。但這樣對我來說比較輕鬆，我很滿意。

「你眼睛給人的印象很強烈，我配合它剪了個自然的造型。長度應該比較短，留長後就會變得跟之前一樣了。整理起來也不用太費工。」

我看著鏡子，為新髮型大吃一驚。的確比之前短。感覺有差。不過有種絕妙的協調感。

「不好意思，不是多時尚的髮型。但也不是奇怪的髮型。雖然要剪成這樣也需要一定的技術。畢竟剪得出這個型，就能從助理升級成設計師了。」

「……謝謝您。這樣剛好。」

「謝謝。」

由比濱付了錢，我們一起走出店門。

喔喔，其他人的反應……好普通。沒再被無視，沒引來懷疑的目光。拿手機拍我的人也沒了。

看來剪完瀏海露出眼睛，使我的技能等級降低了不少。

潛行　ＬＶ7

誘惑抗性　ＬＶ9（ＭＡＸ）

木人拳　ＬＶ9（ＭＡＸ）

……好像也沒降低多少，不過就這樣吧。

總之，我成功脫離了影薄狀態，成了存在的人。今天是讓我深深體會到平凡的日常有多美妙的一天。話說回來，結果木人拳是什麼東西啊？

前面走來一大群人。整條路擠得水洩不通，導致由比濱不知道該往右還往左閃。

「走這邊。」

我帶頭走向前方，正面殺進那群人之中。

「咦，好危險。」

「放心。跟在我後面就對了……不好意思借過一下。」

我用手刀開路。別名，人潮手刀。

「這、這樣……」

「沒問題啦。」

若是沒發動潛行技能的我，大部分的情況下都會由對方主動避開。而且我連人潮手刀都使出來了。可以說比在無人的荒野上前進還簡單。

如我所料，人群開出一條裂縫。我暢通無阻地在那大約一個人寬的縫隙中前進。跟在後面的由比濱驚恐地喃喃說道：

「大家都在躲你……」

咦，她有點憐憫我？不是應該要覺得我厲害嗎？乖乖稱讚我最厲害的地方啦。

唔，這人數實在有點多。其中還有靠我的眼神也趕不走的人，所以我的肩膀開始撞到人。糟糕，這樣下去會背負害人潮堵住的重罪。這時，我的身體自然而然行動起來。

我只靠稍微跟人接觸到的肩膀及手臂，承受迎面而來的人潮，讓人潮流向後方。那過於俐落的動作，儼然抵達了專家的境界。啊，木人拳是指這個嗎！是我在說著「啊——我好像不適合待在這裡先走囉」不停於同學之間穿梭的過程中練出的技能……

我們成功穿越了人潮。若我處於完全潛行狀態，早就被踩扁了。

由比濱等到周圍沒有其他人的時候才開口。

「……結果剪成了普通的髮型。總覺得對你不太好意思。」

「咦？」

「設計師幫我剪頭髮的時候，我還覺得她很厲害，是我太高估她了嗎？髮型是不會不協調了沒錯……但我有點失望。」

「喂喂，這髮型沒那麼慘吧？」

「是不慘，可是也不神。」

「妳是期待什麼樣的髮型啦。」

「更夢幻一點的……例如跟遊戲角色一樣的刺刺頭。」

這傢伙是在說ＦＦ嗎？那款遊戲現在已經不是ＦＦ，而是ＨＦ（Host Fantasy）了喔？我怎麼可能適合那種髮型。

啊啊，由比濱不明白。那位店長多會察言觀色，技術有多麼高超。她是懷著什麼樣的心情生活，如今成了大人，那份心情又昇華成了什麼樣子。天生擁有現充屬性的人是不會懂這種背景的……

「由比濱，我很喜歡那家店。」

「咦，是喔？」

「而且可以說甚是滿意。」

「還用文言文!?這麼喜歡呀？」

「嗯，有機會還想再去。」

「這樣的話，我還知道很多家理髮廳喔？可以幫你介紹喔？有可以把你剪得更好看的店。」

「不用，我喜歡這顆頭。死都不想剪成刺刺頭。」

「咦咦——是嗎？咦咦……」

由比濱仍然無法理解的樣子。

但那家店都刊在雜誌上了，未來搞不好會變成超級名店。這樣我大概就不會再去。可是，現在我可以說。

「由比濱，謝謝妳帶我去了一家好店。」

「……嗯、嗯。不客氣……」

她害羞地低下頭。

「雖然不知道原因……你滿意就好……呼——幸好有救回來……」

難得八幡給了那麼高的分數，由比濱卻毫無自覺。不過我的好感度，這傢伙應該也不需要吧。

我想感謝介紹一家好店給我的由比濱。以盡量不給對方造成壓力的方式。我的視線落在商店街屋簷下的自動販賣機上。當然有賣千葉的靈魂飲料。

「由比濱，要不要喝咖啡？我請妳。」

「咦？為什麼？」

「當然是要答謝妳幫我出理髮費啊。」

「可、可以嗎？那，那邊有家星巴克……」

「抱歉星巴克太閃亮☆耀眼了，自動販賣機就好。」

「咦——！」

不要自然而然地想去比較潮的地方。

「如果是 Star Max 咖啡，賣什麼我都願意去。」

「那家店感覺只會賣一種咖啡……」

「想喝的話管它三杯還四杯都可以盡量喝喔。可是限定ＭＡＸ咖啡。」

「……懲罰遊戲？」

「來，選吧。看妳要罐裝還是寶特瓶裝，點妳想喝的ＭＡＸ咖啡吧。」

我將大量的硬幣投入自動販賣機。

「咦咦咦咦——限定ＭＡＸ咖啡嗎……也有哈密瓜汽水這種比較好喝的飲料耶……」

由比濱在自動販賣機前面呻吟。這才不是懲罰遊戲，是我的盛情款待，不過還是別告訴她好了。

貓與公寓大廈與書包

八目迷

插畫：くっか

今晚是個失眠的夜。我不經意地從書架上抽出一本書，是以無名的貓為主角的那部名作。

我喜歡貓。

不會像家畜那樣工作，也不會像狗那麼聽話。貓融入了人類社會，過得很好。享受著人類的恩惠，卻不依存任何人。討厭束縛，能夠享受孤獨的存在。那就是貓。

從這一點來說，我認為我非常像貓。一個人也無所謂這一點很像，班上的顯性腐女好像也說過「比企鵝同學絕對是貓啦！」。雖然我覺得這邊的貓好像不是那個意思。（註15）

總而言之。貓可愛、強大、偉大。

註15　日文的貓同時也有受的意思。

不過，也有人怕貓。

由比濱結衣就是其中一人。

× × ×

放學後，我跟平常一樣前往侍奉社社辦。

我拉開社辦的門走進其中，由比濱在滑手機，雪之下在看雜誌。一如往常的景象。

兩人紛紛抬起視線望向我。

「啊，自閉男。」

「嗨。」

我向由比濱問好，跟雪之下點頭致意。

然後坐到自己的位子上，從書包拿出文庫本開始看。

平靜的時間流逝而去。過沒多久，由比濱開口了。

「啊，對了，小雪乃。」

「……？什麼事？」

她窸窸窣窣搜著書包，從中拿出好幾片ＤＶＤ。封面全是得士尼樂園的人氣吉祥物——貓熊強尼。

「電影我全看完了！裡面也有很老的電影，不過每部都好好看喔！貓熊強尼超可愛的！」

由比濱高興地述說感想。

看來是雪之下借她的ＤＶＤ。對了，我小學的時候大家也會互借遊戲……我的瑪利歐網球什麼時候會回來？

「妳喜歡就好。」

雪之下展露溫柔的微笑。

「順帶一提，貓熊強尼的電影不只這些，除此之外還有卡通版、３Ｄ動畫版、人偶劇版。如果妳喜歡長篇電影，推薦妳下次可以從卡通版看起。不過先看原作當然最好——」

雪之下滔滔不絕地說，由比濱雖然被嚇到了，仍然點頭應著聲。可是當雪之下快要講超過十分鐘的時候，她開始顯露疲態。我覺得她有點可憐，便對雪之下說：

「妳一提到貓熊強尼，話就會立刻變多……」

「哎呀，比企谷同學，原來你在呀。你太過安靜，我還以為你成佛了呢。」

「把我當幽靈喔。」

看來我最好稍微刷一下存在感……否則會被人說「你比我家的電鍋還安靜」！來

源是打工時期的我。

「自閉男有推薦的電影嗎？」

由比濱興致勃勃地問。

「這個嘛……光——」

「啊，除了光之美少女。」

咦咦……為什麼……光美很讚啊……

「除了光美啊……那就是那個了。人類滅亡系的電影。」

「啊——我也滿喜歡的。看的時候雖然會緊張，大部分都挺感人的，很不錯呢。」

「待在安全範圍看別人陷入恐慌，令人安心。」

「好爛的理由！」

基於同樣的理由，殭屍電影我也很喜歡。只不過那種電影進入後半段容易變成人性劇，實在有點……我不討厭人性劇，可是我總會忍不住心想，比起內心醜陋不堪的人類，我更想看外表醜陋不堪的人類啊。

「就是因為心態如此扭曲，你在班上才會顯得格格不入吧？」

「這跟那沒關係好嗎……是說格格不入代表我地位跟其他人不同。反而該尊敬我吧。」

「在得意什麼……」

雪之下無奈地嘆氣。

「小雪乃呢？貓熊強尼也不錯，不過如果妳有其他推薦的電影，我滿想知道的。」

「我想想……貓熊強尼不算的話，法國電影和貓的影片集……」

講到這邊，雪之下瞬間露出驚訝的表情。

「對不起。我記得妳不喜歡貓。」

「咦!?沒關係啦，不用道歉！」

由比濱的手在臉前面揮動。

「與其說不喜歡，只是因為我會想起以前的事，覺得難過而已……總之，小雪乃沒必要道歉。」

「是嗎……？」

「哎──我也想過要克服啦。可是好難喔……啊哈哈。」

由比濱微微低頭，笑著說道。我心想，她這個性真難搞。

「不喜歡就是不喜歡啊。每個人都有不喜歡的東西吧。我也討厭番茄跟人類。」

「勸你最好盡快克服後者。」

雪之下毫不留情地吐槽。

除了剛才舉的例子外，我當然還有一堆東西不喜歡。例如同學會，雖然我從來沒去過。那種「逼人樂在其中的氣氛」，其他人玩得愈開心，我愈會覺得頭皮發涼，我不喜歡。就算有人約，我也絕對不會去……

「我、我說。」

由比濱提高音量。

我和雪之下轉過頭，看見她表情異常嚴肅。

「我之前就在想。」

「幹麼這麼正經？」

由於事發突然，我有點錯愕。雪之下也一樣，表情帶有一絲驚訝。

由比濱緩緩開口。

「自閉男家裡有養貓對吧？」

「嗯、嗯。」

「然後，小雪乃喜歡貓。」

「嗯……對呀。」

她停頓了一下，接著說：

「所以……我想說如果我也能喜歡上貓就好了。」

「……妳在想的就是那個？」

由比濱點頭回答雪之下的問題。

……不，我聽不懂。這兩句話到底哪裡能用「所以」連接？

「呃——那個……」

由比濱似乎知道自己表達得不夠清楚，支支吾吾的，還有話想說的樣子。但她話一直講不出口，在肚臍的位置附近擺弄雙手。

氣氛難以形容。

打破沉默的，是由比濱細若蚊鳴的聲音。

「我想說的是……只有我不喜歡貓，有種被排擠的感覺……我不太喜歡……」

「喔，什麼嘛，就這點小事……我說妳喔。」

妳是白痴嗎？這句話差點脫口而出。我之所以把它吞回去，是因為由比濱看起來真的很認真。

「沒必要勉強自己配合其他人吧……妳是黑白棋嗎？是說哪有什麼排擠不排擠的，我不隸屬於任何一個團體。」

「對呀。畢竟比企谷同學一年到頭都被人排擠。」

「對對對。不是白色也不是黑色，我是沒染上任何顏色的無色透明人類。」

「什麼啦。」

由比濱放鬆地笑出來。

接著，雪之下輕聲清了下喉嚨。

「先不說那個，克服弱點是件好事。若妳不介意，我可以幫忙。」

「小雪乃……！謝謝妳——！」

由比濱從椅子上站起來，抱住雪之下。

雪之下的頭被由比濱的胸部壓住……雪、雪之下眼神都死了。

「由比濱同學，冷靜點。」

「啊，抱、抱歉。」

由比濱連忙坐回自己的位子。

「那趕快來討論吧，小雪乃覺得怎麼做才能克服？」

「這個嘛……問題不在於體質，而是心理因素的話，慢慢接觸貓讓自己習慣，應該會有效。要不要去貓咪咖啡廳看看？」

「貓咪咖啡廳……嗯，好像不錯。社團活動結束後我去一趟好了。小雪乃，妳願意陪我嗎……？」

「當然沒問題。」

「萬歲！那自閉男也一起去吧！」

「不，我免了。」

「咦——！為什麼！」

這個反應好適合加上「噹啷——！」的狀聲詞。

「什麼為什麼……我去了有意義嗎？」

「有！就是，你看，要有人教我怎麼抱貓怎麼摸貓之類的知識嘛。所以最好有養貓的人陪我。」

「有店員在吧。」

「是沒錯……」

由比濱好像還不服氣。

「可是，多一個也好，一起去的人多一點比較能放心，有人可以依靠……」

她帶著快要哭出來的表情哀求，害我有點動搖。

由比濱說要等社團活動時間結束再去。不知道貓咪咖啡廳開到幾點，照理說不會太晚。這樣的話，就算待久一點頂多一小時左右吧。那還行。

「……也不是不行啦。」

由比濱立刻綻放笑容。

「謝謝你！」

看見那麼耀眼的笑容，我反射性別過頭。

她喜孜孜地接著說：

「那社團活動結束就直接去貓咪咖啡廳囉。還有沒有其他能做的事？」

「其他能做的事……這個嘛。」

雪之下抱著胳膊，冷靜地回答。

「關於克服害怕的事物——不如說克服心靈創傷的方式，對話應該也滿有效的。重新說出變得不喜歡貓的事情經過，或許能夠整理自己的心情。」

「簡單地說就是心理諮詢嗎？」

我望向由比濱。

「對了，由比濱為什麼不喜歡貓？」

「咦，我沒說過嗎？我住在公寓大廈的時候養的貓，某天忽然失蹤了……」

「啊——好像聽過……」

大概是要吸引川什麼的同學的注意力時跟我們說的。小町把我們家的小雪帶來，由比濱怕得不得了。

「在公寓大廈偷養貓的時候，發生很多事。講起來要講很久……」

說到這邊，由比濱像要掩飾寂寞似的笑了。

……嗯，沒錯。記得她當時也是這種表情。分不清是悲傷還後悔，由負面情緒交織而成的辛酸表情。正因為看過她平常開朗活潑的模樣，才更讓人看不下去。

「……沒必要勉強自己說吧。」

由比濱和雪之下望向我。

「我沒有否認心理諮詢的意思。只是覺得講出來未必會幫助傷口痊癒。」

說出口卻得不到任何共鳴的時候，其懊惱及心靈創傷，會更加深植於心中。若是敏感的問題，繼續藏在心中也不失為一個辦法。這樣至少不會受到更深的傷害。

然而，由比濱似乎察覺到了什麼，露出溫柔的微笑，搖搖頭。

「但我還是要說。因為我也有點想讓你們知道。」

筆直凝視著我的雙眼，傳達出堅定的意志。

「……是嗎？」

我靠到椅背上，準備聽她說話。

「小雪乃也願意聽嗎？」

「那當然。我都說要幫忙了。」

「謝謝你們……」

接著，由比濱開始慢慢述說。

× × ×

嗯——要從哪個地方講起呢……啊，從頭講起就行？那就這樣吧。

我不像你們一樣，有點不擅長把事情說明得淺顯易懂，講不清楚的話對不起喔。

記得我是在九月發現那隻貓的。

小學四年級的秋天。

放學回家的途中，我聽見有貓在叫，應該是在公寓大廈前面。可是四周都沒看見貓。當時我想說大概是錯覺，就走掉了。

隔天。

我走出公寓大廈，出門上學時，又聽見貓叫聲。位置跟昨天一樣，所以我猜牠大概躲在某個地方。

我比昨天聽得更認真，發現叫聲是從地下傳來的。我環視周遭，看見地上有那個。那個用鐵網蓋住的洞。那東西叫什麼？

哦，叫排水溝呀。

不愧是小雪乃，懂得真多。

然後呀，排水溝底下有隻小貓。

小小的三花貓。

推測是從馬路上的水溝被沖來的。下面積著水，那隻貓一邊喵喵叫，一邊抓牆壁。

我覺得牠很可憐，想救牠出來，蓋子卻牢牢卡住排水溝，抬不起來，洞又深。

所以我本來打算找大人幫忙。但那個時候，我想到班上有個壞心的男生跟我說過。

「流浪貓被大人撿到的話，好像會送去保健所喔。」

「由比濱，妳連保健所是什麼都不知道嗎？」

「是會把流浪貓狗殺掉的地方。」

哎——當時我才十歲，就把那個男生說的話照單全收了。我以為大人有規定，發現流浪貓狗後一定要通知人來抓牠們。

現在當然不一樣啦。我知道不是每個大人都這樣。例如平塚老師，她感覺就會把流浪貓帶回家。

咦？她會把傘放在紙箱旁邊，自己淋雨回家？好具體的畫面……有股昭和味。

自閉男害話題扯遠了。

回歸正題，總之我覺得不能讓這隻小貓的存在被大人知道。

可是又不能放著牠不管。於是我回家一趟，瞞著媽媽從冰箱偷拿了一根魚肉香腸，撕成小塊扔進水溝，那隻小貓吃了……

我非常高興。

我盯著小貓直到牠吃完香腸，忘記注意時間，結果那天遲到了。

放學後，我急忙回家又拿了根香腸餵牠。

從那天開始，早上和晚上我都固定會去餵牠。

我想說光吃香腸對身體不好，還用零用錢買貓食給牠。貓罐頭果然吃得很快。

大概餵了五天左右。

儘管因為水溝蓋的關係，完全碰不到牠，我卻很開心。

不過……我還是覺得這樣下去不是辦法。

要一直待在那麼暗那麼窄的地方，太可憐了。

但我一個人又做不了什麼，於是我決定向朋友求助。

放學後，我帶著三個朋友到小貓待的排水溝。

然後像「拔蘿蔔」一樣，合力拉開蓋子……接下來才是問題。

我瞥了一眼，那個排水溝挺深的。把手伸進去還是搆不到小貓。所以我們試了一堆辦法，放跳繩下去、拿樹枝去搆。小貓卻一直不肯上來，好像在警戒我們。

雖然有點危險，我決定下到排水溝裡面。朋友阻止了我。

「很髒耶。」

她是這樣說的。

的確，排水溝裡到處都是苔蘚和泥巴，空間又狹窄，進去一定會弄髒衣服。

那天穿的是我挺喜歡的衣服。這樣講真的很過分，可是我忍不住心想「好不想進水溝裡喔」。朋友像在為我打氣一樣對我說「其他人會救牠的」、「之後牠就會自己爬出來了啦」，我卻覺得那些話不是只對我一個人說的，心情有點複雜。

所以，當天我們決定放棄救貓，明天再說。

把水溝蓋放回去的時候，小貓抬頭盯著這邊，害我良心非常不安……

然而，隔天我就把這股不安拋到腦後了，跟平常一樣去上學，照常上課。

上課時我還是有在想要怎麼救小貓喔。只不過，你們也知道，小學生總是三分鐘熱度嘛？所以過了一天，我也沒那麼投入了，沒辦法想得太認真。覺得晚點救牠也沒關係吧……

你們覺得我很冷淡嗎？

老天爺大概也這麼認為。

記得差不多是在第四節課的時候。我才剛發現天色變差了，就突然下起雨來。是一陣傾盆大雨。

天空還轟隆轟隆地打起雷，大家紛紛望向窗外。我記得老師念了我們一句。

當時我也有往外面看。不過，我想的事應該跟其他人不同。

我在擔心那隻小貓。

排水溝是雨水會積在裡面的地方吧。所以我怕如果雨下太大，小貓會不會溺死。

一想到在水位逐漸升高的水溝裡無處可逃、拚命掙扎的小貓，心情就很不好受。

如果昨天別管衣服會髒掉，把小貓救起來，就不會這樣了。

上課期間，我一直在後悔。

雨勢完全沒有減弱。

……咦？叫我不用勉強說？啊哈哈，沒關係啦。謝謝你，自閉男。那講到一個段落就休息吧。

嗯——我剛才講到哪裡？對對對，上課上到一半下雨了。

整天的課都上完了，雨還是沒停。

離開學校後，我在雨中衝向小貓所在的排水溝。趕到那邊的時候，已經連內衣都溼掉了……但我當時滿腦子都在擔心貓，沒心情注意這個。

我戰戰兢兢地窺探排水溝，小貓還活著。可是水位升得很高，牠用雙腳站著，只有頭露在外面。

我心想，要快點救牠才行。

幸好大家之前把水溝蓋抬起過一次，不用花太多力氣就打開了。

然後我毫不介意弄髒衣服，跳進水溝。水深到我的胸口附近。裡面瀰漫刺鼻的土味，溼氣很重。想到小貓一直待在這種地方，就有點想哭。

我好不容易救出小貓，爬回路上。

我們都滿身是土，雨依然下得很大，我卻整個人鬆了口氣……當時我好高興……

但小貓看起來沒什麼精神……於是我把牠帶回家洗了澡。爸媽剛好都不在家，我還順便給牠喝了熱牛奶。

看著小貓，我腦中浮現想永遠跟牠在一起的念頭。

可是不能這樣，因此我在家人回來前把牠帶到公寓大廈外放走。小貓回頭看著我，叫了一聲後跑掉了。

寂寞歸寂寞，我告訴自己這樣就好了。

……其實故事還沒結束。

不過我有點累，先休息一下喔。

× × ×

「……」

由比濱閉上嘴巴後，我有好一段時間說不出話。

她小時候的做法多少有點錯，但那確實是出於溫柔的行為，小貓也得救了。

我認為這是個感人的故事。

胸口卻陣陣發疼，或許是因為我已經知道故事的結局。

「看似無憂無慮的人，敲敲看他們的心底，還是會發出悲傷的聲音……嗎？」（註16）

我引用昨晚看的書的其中一句，由比濱面露疑惑。

「……在講西瓜嗎？」

「在講人類啦。」

「你真喜歡夏目漱石……」

雪之下懂我的梗，使我感到放心。

「……是說，貓果然是有魔性的生物。」

「魔性？」

由比濱回問。

「對啊。將人類迷住，有時令人瘋狂。貓擁有那種不可思議的魔力。例如，這要追溯到西元前三千年。」

註16 出自夏目漱石的小說《我是貓》。

「感覺會講很久……」

我無視雪之下的碎碎念，接著說：

「古埃及時代，貓被人類視為神明崇拜。在獵巫時代則被當成不祥的象徵遭到迫害。雖說時代及文化背景不同，為何待遇會差這麼多？由比濱，妳知道嗎？」

「咦？嗯……為什麼呢？」

「聽好。是因為……貓很可愛。」

由比濱表情變得好冷淡。超嚴肅的表情……

「別那個臉啦……妳看，人類是凡事都愛追求理由的生物對吧？所以以前的人注意到了貓的可愛。這種生物如此可愛，肯定有原因。於是，性格扭曲的人類怎麼想都覺得可愛的貓也有危險之處，跟美麗的花有刺一樣。因此貓才會被說是魔女的使魔。」

「有資料來源嗎？」

我斬釘截鐵地回答雪之下的問題。

「沒有。因為是我剛剛才想到的……」

一直在講沉重的話題，我才想穿插一則小故事看看。本以為她們會聽得開心，由比濱和雪之下卻冷冷看著我。咦——？

「幹麼……虛構的又不會怎樣……聽起來很像一回事吧？」

「並不有趣就是了。」

雪之下講得那麼直接，連我都有點沮喪。我看我還是跟進到別人家的貓一樣，默默待在社辦角落吧……

「……嗯，貓確實很可愛。」

由比濱輕聲說道。

由比濱也曾經對貓投入大量的愛，被貓迷住過。雖說結果讓她變得排斥貓，不代表她連貓的魅力都忘記了。

她坐在椅子上挺直背脊，打起精神，開口說道：

「那差不多該繼續講了。」

「休息夠了嗎？」

雪之下擔心地問。

「嗯。拖太久的話，會沒時間去貓咪咖啡廳。」

「……說得也是。」

雪之下點頭，由比濱重新開啟話題。

「我很快就又見到那隻小貓。」

× × ×

原本想說應該再也見不到牠了，從排水溝裡救出小貓的隔天，我在公寓大廈的中庭發現牠。肯定是那隻三花貓沒錯。我們一對上目光，牠就快速往我這邊衝過來。牠好像記得我，摸摸牠的頭，牠便舒服得發出呼嚕聲。

我很高興，決定偷偷把牠養在公寓大廈的中庭。

說是養，做的事跟以前並沒有差。就只有上下學時餵牠吃東西，假日好好陪牠玩，也沒給牠戴項圈。

不過，小貓每天都會出現在同樣的地方，也願意吃我餵的飼料。而且我蹲在牠面前的話，牠會趴到我大腿上。爪子有點陷進去，會痛，可是我好感動。

公寓大廈雖然還是一樣禁止養貓，我當時也沒什麼不滿。反而覺得偷偷來找牠有種幽會？的感覺，很興奮。

……所以，被住在同一棟公寓大廈的小孩看見我在陪貓的時候，我非常慌張。

我急忙把貓藏起來，可是來不及了，被看得一清二楚。

那個小孩？是女生呀。

記得比我大兩歲。名字叫……忘記了。我只記得她在學校是班長。

……那就叫她班長吧。

班長不愧是在學校當班長的人，看起來很可靠。感覺很成熟。我小學的時候連大一個年級的人都覺得成熟，她就更不用說了。

或許是因為這樣吧。我當時覺得班長一定會去跟住在公寓大廈的大人說小貓的事。

我不想跟小貓分開，拚命拜託她「別跟大人說」。我那時真的很緊張，說不定都快哭了。

面對我的請求，班長是這樣回答的。

「我不會說的。」

真的嗎？我問。

「因為我也在偷養貓。」

她講這句話時的表情，現在回想起來，我還是覺得好成熟……

知道她站在我這邊，我就冷靜下來了，問了她許多事。然後得知現在流行在公寓大廈養貓。除了我和班長，好像還有幾個小孩瞞著大人養貓。

我還以為只有我養貓，所以很錯愕。不過想到有人處境跟我一樣，就有點放心。

班長還跟我說了許多事。

例如最好不要餵貓吃廚餘。

在公寓大廈養貓的話，其他小孩會羨慕。

還有公寓大廈的管理員。

聽說管理員非常討厭貓，看見流浪貓會立刻抓牠去保健所。所以她明白地叮嚀我，千萬不能被管理員發現我在養貓。

我像在聽老師說教一樣，默默點頭。

聊完後，我向班長道謝，跟她道別。之後就有一段時間沒見到她了……啊，沒有發生什麼尷尬的事啦。班長似乎在忙著學才藝。單純是跟我時間對不上。

因此，跟班長分別後，我的生活也沒有變化。

生活產生變化，是在我偷養小貓養了一個月左右的時候吧。

某天放學後，我跟平常一樣走向公寓大廈的中庭，看見一個不認識的女生在跟小貓玩。仔細一看，那隻小貓是我養的三花貓。我猶豫了一下要不要叫她，看她是比我小的女生，我就鼓起勇氣搭話了。

「妳在做什麼？」

那孩子嚇了一大跳，轉頭跟我道歉。

「對不起！」

是個像小動物的女孩。看起來很膽小，綁著麻花辮。

她好像是住在這棟公寓大廈的孩子，我問了她的年紀，比我小一歲。名字應該也有問……嗯——不記得了。因為是很久以前的事嘛。

總之，跟剛才的班長一樣，叫那孩子麻花辮妹妹吧。

我問麻花辮妹妹為什麼要道歉，她跟我說：

「因為我擅自摸了別人的貓。」

我又問得更深入了一些，她說她之前就知道我會在這邊跟小貓玩，覺得很羨慕，所以才會趁我不在的時候接近小貓。

「沒關係呀，牠又不是我的貓。」

麻花辮妹妹聽了，問我：

「那我可以再來摸牠嗎？」

我同意了。

麻花辮妹妹非常高興。

那一天起，我們就常在放學後一起跟小貓玩。邊玩邊聊了許多。

我把班長告訴我的事都跟她說了。管理員討厭貓、小貓喜歡玩的遊戲等等。麻花辮妹妹也跟我分享了自己的事。

她有兩個好朋友住在同一棟公寓大廈，最近那兩個人開始養貓了。跟我一樣，偷偷養在公寓大廈的某處。兩個人一起照顧一隻貓。

那兩個人心思都放在貓身上，不肯陪麻花辮妹妹玩。麻花辮妹妹似乎覺得很寂寞。

我能理解她的心情。

班上有流行的遊戲，沒那款遊戲就很難加入話題。麻花辮妹妹的情況也一樣。

之後又過了幾天，我記得那天是星期日。

麻花辮妹妹對我說：

「結衣的貓可以讓我來照顧嗎？」

我問她為什麼，她委婉地說：

「因為，飼料好像很貴。」

麻花辮妹妹說得沒錯，以小學生的零用錢來說，飼料費是頗大的負擔。

那隻貓基本上是野貓，不一定要人餵，但我覺得不餵牠牠就會跑到很遠的地方，控制不了自己。

因此，麻花辮妹妹的提議確實很吸引人。

但我最後拒絕了。

當時我強烈地認為，這隻貓是我救的，我必須照顧牠到最後。可能是小學生想用自己的方式對小貓負責……或者也有可能只是想獨占小貓。

不管怎樣，我真的很重視牠。所以不太想把牠交給其他人。

我老實告訴她，麻花辮妹妹只回了句「我知道了」，就沒再說話。

然後呀，那一天我在想。

要不要把小貓的存在告訴父母。

既然要負責養牠，就得養在家裡，而不是放牠在外面。如果父母同意，說不定會幫忙跟管理員商量。

可是，萬一他們說不行……考慮到這個可能性就覺得不安，害我一直開不了口。

結果，我直到最後都不敢跟父母說，迎來星期一，去學校上學。

從學校回來後，小貓不見了。

我確定牠早上還在。也記得我餵過牠，跟牠打了招呼。

似乎是在我上學的期間不見了。

我在公寓大廈裡拚命尋找，卻怎麼樣都找不到牠。停車場、頂樓、排水溝裡面都沒有……

隔天，我將搜索範圍擴大到公寓大廈外面，還是沒找到牠。

完全找不到。

我真的大受打擊。那兩天吃不下任何東西，父母都很擔心。

第三天我也拚命找貓，在中庭遇見班長。

「妳有沒有看見我養的三花貓？」

班長搖搖頭，接著輕描淡寫地說：

「我的貓好像也跑掉了。」

我無法理解。雖說是流浪貓，自己的貓不見了，為什麼她有辦法如此冷靜？

「雖然很遺憾，哎，貓就是這種生物嘛。」

班長是這麼說的。

我到現在還記得這句話。

把牠從排水溝裡救出來，每天餵牠吃飯，好好疼愛牠，依然毫無前兆地消失了。

對貓來說那是理所當然的嗎？

貓就是這種生物嗎？

想到就有種遭到背叛的感覺，無法接受，十分悲傷……

於是我放棄找貓了。

在那之後，我都盡量避免想起那隻小貓。也再沒遇見麻花辮妹妹，我的日常回到還沒遇見那隻小貓的狀態。

×　×　×

「……嗯，大概是這樣。」

由比濱以這句話作結。

「稱不上後續啦，但我之後學到一個貓的小知識。我想你們也知道，貓死期將近的時候好像會失蹤……假如那隻貓是因為不想讓我看到牠虛弱的模樣才躲起來，感覺好哀傷喔。」

她明顯陷入消沉，雪之下貼心地安慰她：

「……妳養的貓一定過得很幸福。」

「小雪乃……謝謝妳。」

兩人溫柔地對視。

我則一句話都說不出來。由比濱所說的故事，一直在腦海打轉。

由比濱站起身。

「時間正好，我們去貓咪咖啡廳吧。」

我和雪之下表示贊同，離開社辦。

天色開始變暗了。

穿過校門時，由比濱突然停下腳步。

「啊！我忘記拿手機！對不起，我馬上去拿，等我一下！」

由比濱沒等我們回應，急忙衝回校舍。

留我和雪之下站在校門前。

我嚴肅地張開一直閉著的嘴巴。

「……喂，雪之下。」

「什麼事？」

「由比濱說的——」

「比企谷同學。」

雪之下打斷我說話，直盯著我。

視線透出一絲譴責的意味。

「我認為那是個悲傷的故事……不過都過去了。現在想這些也沒用。」

「……是啊。妳說得沒錯。」

我點頭閉上嘴巴，等待由比濱回來。

雪之下大概跟我想的一樣。

她也意識到了。

由比濱的貓，恐怕不是因為知道自己死期將近才消失。

由比濱回來後，我們三個一起走向貓咪咖啡廳。那家店好像位在離學校走路幾分鐘就能到的地方。她們兩個也是第一次去。

由比濱和雪之下走在一起聊天，我則獨自跟在她們後面。

偶爾由比濱會丟話題給我，但我在想其他事，只能漫不經心地回應。

其他事。用不著說明，就是由比濱的貓。

我像要尋找希望似的，或者說像要排除不安似的，反覆思考，得到的卻是悲慘的結論。

由比濱以為貓消失的原因是「死期將近」。

聽見那個故事前，我也是這麼認為的。被人飼養仍未失去野性的貓，知道自己快死了就會跑不見，除非牠相當信賴飼主。

或是搶地盤搶輸、找不到食物，貓也會跑去很遠的地方，再也不回來。

然而，這次的情況兩者皆非。

我認為貓消失的原因是人為的。

講得具體一點，我懷疑元凶是麻花辮女孩。

麻花辮女孩想接手照顧由比濱的貓，遭到拒絕。隔天，由比濱的貓消失了。我實在不覺得兩件事毫無關聯。

重新回顧一次麻花辮女孩的境遇吧。

她為何接近由比濱的貓？因為住在同一棟公寓大廈的朋友心思都放在貓身上，導致她被排擠。麻花辮女孩肯定希望和朋友重修舊好。所以想要共通的話題。

就是由比濱的貓。

然而，由比濱拒絕了。

麻花辮女孩是不是想叫由比濱把貓交給她照顧，藉此融入朋友圈？

於是麻花辮女孩使出了強硬手段。

她趁由比濱不在偷走了貓。之後只要把貓藏好，避免被由比濱發現，只在跟朋友玩的時候帶出來即可……我曾經產生過這樣的想法，可是有難度。

首先，麻花辮女孩跟由比濱住在同一棟公寓大廈。我不覺得她有辦法一直藏下去。因此麻花辮女孩必須在得到由比濱允許的情況下接管那隻貓。

但我剛才也說過，由比濱拒絕了麻花辮女孩。麻花辮女孩只能放棄由比濱的貓。

那她究竟會怎麼做？

怎麼做才不會被排擠？

麻花辮女孩照理說會很煩惱。她應該在用小學生的方式思考解決方案。

煩惱過後，我猜她腦中浮現了這樣的想法。

只要沒有貓就好了。

歸根究柢，麻花辮女孩遭到排擠的原因就是貓。只要除掉貓，是不是就能回到三個人一起玩的生活？她如此心想。

不過要怎麼除掉貓？自己抓出去？不是辦不到，但貓可能會跑回來。而且萬一被朋友看見，可不會只有絕交這麼簡單。

需要藉助其他人的力量。

於是，她想到討厭貓的管理員。

麻花辮女孩應該有聽由比濱提過管理員。所以，她利用了這一點。

要做的事很簡單。只要告訴管理員有貓棲息在公寓大廈即可。

這樣管理員就會幫忙抓麻花辮女孩的朋友養的貓吧。

……我不知道麻花辮女孩的計畫順不順利。

不對，連她是不是真的有這個打算都無法確定。

但至少有兩隻貓確實不見了。

一隻是由比濱的貓。另一隻是班長的貓。

如果管理員搜索了公寓大廈，就能解釋兩隻貓為何在同樣的時間失蹤。

我不太清楚被送到保健所的貓會迎接什麼樣的命運。

可是，至少能確定不是充滿希望的未來。

……啊啊。

唉，真討厭會忍不住往不好的方向想的自己。

通通只是我的臆測。沒有任何確切證據。

雪之下說得沒錯，都過去了。別再想了。

「──自閉男，欸，你有在聽嗎？」

「嗯，喔，幹麼？」

我抬起低下來的頭，由比濱不知何時站到了我旁邊。

「你表情好陰暗。兩眼無神耶。」

「我一直都這樣。別管我。」

她不知為何高興地喃喃說道「也對」，接著說：

「……謝謝你願意聽我說。託你們的福，我心裡輕鬆了一些。」

「我也沒做什麼。」

「光是有人聽我說話，我就很感激了。因為那個故事挺沉重的。」

「是沒錯。」

由比濱輕笑出聲，不曉得是不是錯覺，她的視線落在地上。

「我也曾經後悔過，但我想努力面對它。否則……對那些貓也不太好意思。」

……那些貓？

「由比濱，妳發現了──」

「啊！是不是那家店？」

由比濱指向前方。她所指的方向有家小店。那就是那家貓咪咖啡廳嗎？

「好像是。快走吧。」

雪之下快步走向店門。她真的很喜歡貓……

我和由比濱小跑步追向雪之下，來到目的地門前。三個人一起進去。

然後在櫃檯選了消費方案及飲料，聽店員說明簡單的注意事項。

「這家店的貓都是從保健所領養來的保護貓喔。」

店員最後說了這句話，帶我們去貓咪所在的房間。

雪之下的腳步異常輕快，由比濱則緊張兮兮的，走路姿勢相當僵硬。

不久後，我們來到有貓的房間。

大約四坪的空間裡有一堆貓。客人好像只有我們。

雪之下立刻盯上在窗邊舔毛的黑貓，躡手躡腳地走過去。動作好快。妳記得我們原本的目的嗎……

至於由比濱，她杵在原地。

比起怕得動彈不得，更接近愣住了。

她的視線前方，是隻蜷起身子的三花貓。看起來年紀非常大。

「那隻貓……」

由比濱緩緩走向那隻貓，伸出顫抖著的手撫摸牠的頭。

三花貓舒服得發出呼嚕聲。

由比濱眼眶微微泛淚。

× × ×

從貓咪咖啡廳回去的路上。

我問由比濱：

「那妳克服對貓的排斥感了嗎？」

「嗯……不知道耶。老實說，可能還有點排斥……」

「我想也是。」

雪之下回答。

「不喜歡的事物不是一朝一夕就能克服的。之後慢慢習慣吧……妳不介意的話，我可以再陪妳去。」

「妳純粹是想去貓咪咖啡廳吧……」

「比企谷同學，你在說什麼？」

她狠狠瞪過來，我急忙移開目光。好、好可怕……

「下、下次再三個人一起去吧！」

由比濱精力充沛地說。

然後用幾乎聽不見的音量補上一句：

「……所以，你們不要突然消失喔。」

「哪會啊，又不是貓。」

「對呀。」

我和雪之下立刻回答。

由比濱聽了，露出今天最燦爛的笑容。

今天**由比濱結衣**也將**心**意傾注於那句話中。

水澤夢
插畫：春日步

「嗨囉囉囉！」

只有我和雪之下兩個人，寂靜無聲的侍奉社社辦，分貝數一口氣提高。

由比濱結衣活力十足地舉起右手，走進社辦。

這傢伙情緒高昂不是一天兩天的事，今天的嗨囉卻比平常興奮三倍。

不知道是不是錯覺，由比濱頭上的丸子好像也比平常大一．三倍左右……不，是我看錯了吧。

「嗨囉——！」

另一個人活力十足地舉起右手，接在由比濱後面走進社辦。

…………是平塚老師。

「……」

「……」

「……」

我、雪之下、由比濱連眨眼和呼吸都忘了，當場僵住。

平塚老師在凍結的時間中大搖大擺地走到長桌前坐下。

她將兩手的手肘撐在桌上，雙手交握，說出發自內心的請求。

「……看在我全力的嗨囉上，有件事想麻煩你們。」

因為這句話而重新開機的雪之下，先冷靜地喝了口紅茶。

「請說。」

接著做好覺悟，吐出一口氣，誠懇地看著平塚老師。

平常平塚老師有事相求時，都會先引來我們一連串的抱怨，包含雪之下在內。最後看見居於劣勢，快要哭出來的平塚老師，雪拉A夢會說「真是的，拿小靜沒辦法」，乖乖讓步，這是平常的模式。

不過，妙齡女教師喊出了難得的嗨囉先發制人，這激烈的手段逼得雪之下只得一開始就投降。平塚老師今天是認真的。

「欸，自閉男，『嗨囉』要走去哪裡呀……？」

自己的招呼語在不知不覺間獨自踏進平流層，由比濱的聲音因不安而顫抖著。

「我們之所以活著，或許就是為了尋找那個答案。」

我能給予的，只有微不足道的安慰。

平塚老師的視線依序落在我、雪之下、由比濱身上。

「你們是那個吧，走在流行尖端的年輕人，所以應該很常看 YouTube 吧？」

接著，她開啟跟剛才那嚴肅的氣氛形成反差的淺薄話題。

「我就直說了。想請你們創個侍奉社的官方 YouTube 頻道。」

「啊死都不要。」

我驅使股四頭肌一口氣站起來。平塚老師在我迅速轉身的瞬間，抓住我的手臂。

她用被拋棄的小貓般的柔弱眼神抬頭看著我，害我「唔！」倒抽一口氣。裝那隻小貓的紙箱上，應該寫著「請跟我結婚」。

唔……這樣下去我會忍不住跟她結婚……!!

「請說明理由，平塚老師。再怎麼說也太突然了。」

雪之下努力維持鎮定，像在勸導她似地說。

「嗯。其實……這是學校拜託的。」

我就知道。不如說，大部分的情況下都是這樣。

「前陣子……市內的另一所學校有學生上傳影片到 YouTube 上，結果在網上引來大量的抨擊。做為對策，校方好像在鼓勵各單位建立官方頻道。」

平塚老師愁眉苦臉地望向桌上那臺用來收諮詢信的公家筆電。

聽完她的說明，我也能理解。

「咦？對策？所以，學校才？」

由比濱頭上冒出好幾個問號，我一字一句向她說明：

「現在這個時代，校方很難禁止學生傳影片到影片網站上。既然如此，乾脆校方也放手建立頻道、上傳影片，積極介入其中就行了。」

「應該是覺得這樣多少能控制學生的行為。」

雪之下用很有她風格的說法下達結論。

「啊，對喔！可以告訴學生『學校也有在盯著你們喔』！」

由比濱拍了下手。看來她聽懂了。

簡單地說，校方是想藉由暗中強調「你們在用的網站，學校也會看喔」，為學生施加心理壓力，避免他們未經思考就上傳脫離常軌的影片吧。有多少效果另當別論。

這麼一想，現在的學校真辛苦。不只學生在學校的行為，連在家、在外面、在網路上做什麼，都得繃緊神經留意。

「所以我們學校似乎也決定創官方頻道……但很多上年紀的老師不是都對這方面不熟嗎？大家就想參考其他學校，不是以校方的名義，而是建立各社團的頻道。」

哇，根本是想把工作分給學生做。可是考慮到問題的起源，不覺得本末倒置了嗎？

「然後他們跟我說，『平塚老師那麼年輕，妳帶的社團一下就能創個頻道出來吧。既然這樣學校的頻道也拜託妳管理了啊哈哈』。覺得凡事推給我處理就行……勞動制度改革真的有用嗎……!?」

平塚老師氣得肩膀在抖，大嘆一口氣。

「在我不知所措時，由比濱，我想到了妳。」

「咦，我，我嗎……？」

「我不懂 YouTube 也不懂 YouTuber，但我知道 YouTuber 會激動地講奇怪的招呼語。」

平塚老師手抵著下巴，語氣充滿自信。

很遺憾，妳那唯一的知識……我無力地搖頭。

「我覺得『嗨囉』很像 YouTuber 的招呼語……由比濱，妳能成為 YouTuber!!」

「咦咦咦咦，我又沒那個意思!?」

平塚老師用力抓住她的肩膀，由比濱困惑地看向我們。

嗨囉是不被時代的流行影響，一名女高中生活力的產物。

不是它像 YouTuber 的招呼語，YouTuber 的招呼語被嗨囉影響的可能性還比較高。

大概是感覺到我們的反應不怎麼樣，平塚老師語氣帶著一絲諂媚。

「比企谷，你之前不是對諮詢信箱服務有意見嗎？」

我不是對諮詢信箱服務有意見，是因為寄過來的諮詢信全是過於特殊的內容，我認為這樣有問題，看來我的本意沒能傳達給她。

「嗯，我也在想啊……都這個時代了還用電子郵件收諮詢信，會不會太過時。」

她神情憂鬱，凝視空中，忽然說出這樣的建議。

「要不要考慮趁這個機會收掉信箱，改成透過 LINE 受理諮詢或 YouTube——」

「NoNoNo 這樣我很頭痛 NoNoNo。」

我緩緩起身，堅決反對平塚老師的意見。還因為太著急，語氣有點僵硬。

「之前正因為是用電子郵件，才能控制在我們還有辦法處理的量。雖然一堆莫名其妙的來信，真正有問題的倒是很少收到。萬一改成用社群網站在網路上公開募集……」

「寫來冷嘲熱諷或惡作劇的信八成會大量增加。」

雪之下接在我後面補充，輕輕搖頭。

「無視也會消耗體力。如果建立 YouTube 頻道也是要用來在網路上募集諮詢信，我反對。」

不如說，能用我們的私人手機看諮詢信會給人帶來多大的壓力，之前應該就跟平塚老師嚴正說明過了。

「是嗎？這也是時代趨勢喔。發送、接收情報的媒體會隨時代改變。從呼叫器到智障型手機，從智障型手機到智慧型手機——」

這是柯南世界中一年內的用具變遷史嗎？

「知道了，那就不公開募集。不過，官方頻道這件事可不可以幫幫忙……」

「平塚老師，我想先確認一下……建立社團的頻道是沒問題。但給校內人士看的宣傳影片也就算了，我無法在知道會被全世界看見的影片中露面。」

「嗯……我也本來就對那種事有抗拒感……」

聽完雪之下她們顧慮的部分，平塚老師肩膀整個垮下來。

「嗚嗚，我想也是……我也跟其他老師一起拍過學校官方頻道用的影片，光這樣難度就夠高了……」

難度高。

既然如此，不要超越那個難度，適當放鬆，低空飛過即可。

「視手法而定吧？我們沒必要入鏡。設計個吉祥物當替代品，讓他在影片中登場，聲音由我們之中的誰來配就行。」

我提出這個建議，由比濱興致勃勃地看過來。

這是企業常用的方式。比起派一個社員當代表拍影片，設定個吉祥物或虛擬形象，讓他幫忙代言。這樣就不會有人惹來不必要的注目。也就是不用背負責任。

「侍奉社的吉祥物！好像很有趣!!」

由比濱忽然產生興趣。平塚老師大概是因此鬆了口氣，露出平靜的微笑，雙臂環胸。

「話說回來，你們平常都在看什麼樣的影片？我頂多看看教人找對象的和自我啟發系……」

「雪之下看起來就對那種東西沒興趣。」

平塚老師舉的具體事例太現實，害我鼻子一酸，我刻意不去多問，把話題拋給雪之下。

「沒禮貌，我也是會善用影片網的。」

對喔，這傢伙會在網路上找貓影片看。反過來說，她感覺就只會看貓影片。

「那自閉男呢？你有喜歡的 YouTuber，或是訂閱哪個頻道嗎？」

「我……這個嘛，我有訂閱千葉縣的官方頻道。」

「怎麼說呢，如我所料……」

咦，雪之下為何用那種「拿你沒辦法」的眼神看我？身為千葉縣民，我反而該受到表揚吧？

「還有波麗佳音的官方頻道。」

「哇，真沒想到。那家公司有你喜歡的藝人？」

由比濱興奮地問，可能是覺得我們的話題會有共通點，我以堅固的心牆擋住她。

「不，因為波麗佳音的頻道會播《尋找千葉君》。」

我跟流行歌手不熟。今年初的新歌我記得歌詞的，只有光之美少女的主題曲。

「出現了，千葉君……自閉男喜歡的吉祥物……」

「如果要講得更細，還有船梨精的頻道之類的。就這些。」

知名 YouTuber 的業配影片、遊戲實況，我看都不會看。

聽見船梨精，平塚老師拍了下手。

「喔喔。等侍奉社的頻道上了軌道，我想請船梨精當來賓。應該會很熱鬧。」

妳是千葉縣的地下領導者嗎？

「是說船梨精也好，可不可以跟我結婚……」

平塚老師深深嘆息，吐露真心話。

不不不船梨精除了他不是人類而是梨子這一點外根本是超優秀的對象吧，我都想跟他結婚被他養在家了 Nasshi（註17）。

「對了，船梨精為什麼還不是非官方吉祥物……他那麼努力，是時候把他升級成

註17 船梨精的口頭禪，音近「梨子（Nashi）」。

官方吉祥物了吧？」

由比濱難過得垂下肩膀。

「官方非官方不是升級制喔？」

我補充說明，由比濱只是面露疑惑。應該有很多原因啦。

在我們聊天的期間，平塚老師操作著公家筆電。

「你們看。我們學校的足球社好像已經創頻道了，雖然只是臨時的。可以拿來參考。」

她用瀏覽器打開 YouTube 的網頁，在搜尋欄輸入「總武」、「足球社」。

顯示在螢幕上的頻道封面，是熟悉的校舍。看來的確是總武高中足球社的頻道。

果真是一群好學生。八成是葉山乾脆地接下這個任務。

螢幕上還有好幾張影片縮圖，推測是他們上傳的。

「啊，是戶部。」

由比濱指著螢幕。

真、真的是戶部傳的影片……

「目前他們好像是讓每個人自由上傳影片，當成測試。」

據平塚老師所說，還不到上傳比賽、練習過程的階段。

縮圖用加了白框的黃色大字寫著「脖子後面的頭髮剪太短真的挫賽啦！」。

不過影片中的戶部，後頸的頭髮跟平常一樣半長不短。這樣叫剪太短，你平常都以毫米為單位控制自己後頸頭髮的長度嗎？

「足球社的官方頻道，大部分都是戶部一個人在傳影片的樣子。內容似乎是在千葉隨意散步。」

「給我去踢足球啦。」

我竟然忍不住對螢幕做出這麼正統派的吐槽。

可是那傢伙明明足球踢得挺認真的，虧他還有時間拍影片。我誠心佩服。

然而，大家最期待的應該是葉山會有多少畫面，結果連影子都看不到……

「那麼不好意思，麻煩各位了。尤其是由比濱，我是真的覺得妳的招呼能讓人打起精神。」

平塚老師好像還有事，大致說明完情況便走向社辦門口。

「頻道創好後，我也會傳些影片上去。這或許會成為一場邂逅的契機。」

有老師想拿影片釣男人耶，這個企劃沒問題嗎？

留給我們的只有平時那臺舊型筆電。

我看著螢幕上足球社——不如說戶部的影片的縮圖，思考該如何是好。

「那要怎麼做？也是可以創好頻道就放置不管。」

不必有壓力。說起來，區區一所學校的某社團的影片，再怎麼做，播放數都不會高到哪去。

「……要拒絕是很簡單，不過平塚老師從各種規定下保護了這個社團。若這是學校今後的行事方針，好好遵守應該也能為這個社團帶來好處。」

「也對……」

「！那非做不可！畢竟是為了侍奉社!!」

多麼清澈的眼神……

「嗯，趁沒有其他工作要做的時候解決吧。」

雪之下目前也抱持積極的態度。

好吧，我們只需要創官方頻道給學校一個面子，影片隨便選張圖搭配毫無音調起伏的介紹詞即可。

用手機拍圖，再找個人站在旁邊念就能搞定。

既然如此，並不會太費工。

「這樣的話，最花時間的是設計吉祥物囉。」

這可是用來讓我們免於在影片中露面的條件，吉祥物得仔細設計才行。

「自閉男很擅長這個吧？你那麼懂吉祥物!!」

由比濱愉悅地晃著身體，對我投以充滿期待的目光。

「我只熟千葉縣的吉祥物。其他一概不知。」

「範圍真的有夠狹窄……」

雪之下手指抵著太陽穴，無奈地說。

「可是，要千葉縣民從頭設計一個吉祥物，難度很高喔。因為我們這裡有屹立不搖的人氣角色——千葉君。」

「咦～不必那麼戒備吧，千葉君挺普通的呀？」

由比濱的語氣毫無危機意識。

「別小看千葉君。妳聽好，說起來，當地吉祥物雖然很多，善用那塊土地本身形狀的吉祥物卻屈指可數。」

「哇，你講得好認真。」

由比濱迅速挺直背脊。

「例如本州最上面的青森縣，光是要讓它看起來像宇宙戰艦的形狀就是極限，並不像動物。千葉縣呢？……怎麼看都是狗。是狗的形狀。可以說是奇蹟的具現化，說是上天的禮物都不為過。」

「你講得太誇張了。」

擁有上天賞賜美貌的雪之下大小姐，射出那聰慧的視線。但我絕不退縮。

「所以我們千葉縣民，應該會自然而然喜歡上千葉君。某種意義上來說，是刻在千葉縣民DNA裡的潛在的愛。要在被如此偉大的角色守望的土地上，創造新的吉祥物，我認為相當困難。」

回過神時，我發現由比濱在偷瞄我，身體微微扭動。

「幹麼？」

「沒有啦，哈哈……因為你難得這麼激動地分享自己喜歡的東西……」

妳、妳幹麼臉紅？聽我講這些這麼羞恥嗎？

「也、也就是說！住在千葉縣的人，大家都該喜歡狗對不對!!」

由比濱像要掩飾什麼般，雙手用力往桌上一撐，探出上半身。咦，是這樣嗎？

「不是的，由比濱同學。我不認為自己住在千葉縣。」

貓派因為太不服輸，開始否定自身的戶籍。那妳是住在次元的縫隙間囉？

總之，只要再推一把。我將筆記本放到桌上。

好讓危機意識仍然不足的兩位ＪＫ，重新見識一下那完美的形體。

我一拿起自動筆，筆尖就以會留下殘像的速度在筆記本上移動。千葉的驕傲——紅色守護獸．千葉君，開始顯現於紙上。

「哇，好厲害……」

由比濱看了不禁感嘆。

我過著充滿迷惘的人生，畫千葉君的線條卻毫不躊躇。不含雜念。全心全意的一筆。

我有自信，就算閉著眼睛畫，應該也能維持一定的品質。

畫完面向不同方向的三隻後，用紅筆畫斜線，著色完畢。

「這樣正面、側面、後面的三面圖就畫好了。我不介意拿去給動畫師當參考資料喔。」

雪之下和由比濱把臉湊近筆記本。儘管多少有點差異，她們都做出驚訝的反應。

「咦~畫得很好耶！跟真正的圖幾乎分不出來！」

「你異常的千葉愛每次都令我傻眼……更正，令我吃驚，但你不是只會出一張嘴而已，我誠心覺得很厲害。畫得出這種等級的圖，原創的吉祥物應該也值得期待。」

「嗯，自閉男，加油！」

老實說，得到稱讚感覺還不賴……但這個品質只是基於我愛的深度。

我對侍奉社的吉祥物……或者說侍奉社本身，懷有那麼強烈的感情嗎？

× × ×

隔天放學後。

從教室移動到社辦前，我決定問問其他社團的人的意見當參考。

「戶塚。」

「啊，八幡。」

今天也超級可愛的戶塚，帶著燦爛的笑容回頭。

「早上跟你說的那件事，你有什麼想法嗎？」

「嗯，社團的吉祥物對吧。網球社說不定也要創頻道，所以我想得很認真喔！」

已經有主意了嗎，不愧是戶塚。

「我們也想了很久，不過意見一直不一致。」

不如說，昨天幾乎都在畫千葉君聊千葉君。

「我不太擅長畫畫，但我努力試畫了一下。」

戶塚急忙在書包裡搜來搜去，拿出一張紙。如同拿獎狀給爸媽看的小孩，將它秀給我看。

「嘿嘿嘿……這是網球社的吉祥物，『網球兔』。」

唔，真可愛。

我說的不是網球社的吉祥物……是戶塚。

戶塚畫的網球兔，是可愛與狂野共存的風格。

三頭身的Q版兔子，兔耳伸得長長的，耳朵各握著一個網球拍。最重要的手部，右手拿的疑似是鏈鋸，左手拿的疑似是格林機關槍。

正因為是戶塚檢定一級的我，才看得出「疑似是」……一般人應該無法一眼看出那是什麼。

我確信我的戶塚檢定級數又有所提升，在內心佩服他畫的圖滿有特色的。

「我、我想畫出看起來很強的感覺……你覺得如何？」

「嗯，超帥的。」

戶塚慈祥地看著沒有完全走暴力路線的虛構角色。

我慈祥地看著戶塚。

戶塚真的是天使。超級天使。

我不是特別虔誠的人。

不如說，這輩子我親身體驗過好幾次，神明是多麼虛幻的存在。

然而戶塚是降臨於人界的天使，反過來說，可以證明神明也是存在的。

而我今天也在月臺看著大特賣的海報，計算帳戶裡還有多少餘額。

「你畫好後也要拿給我看喔，我很期待。」

「好，不過別太期待啊。」

戶塚對我揮揮手，離開教室。社長，今天也要加油啊。

唔，我打起幹勁了……但我不討厭單純的自己。

我望向教室後方，由比濱和海老名在聊天。

「不會吧！比企谷同學………千葉君……然後………因為愛……用千葉君的舌頭……」

由比濱好像也在跟海老名聊設計吉祥物的事。

由於教室裡其他學生的閒聊蓋過她們的聲音，我只聽得見片段，不過對話內容有點恐怖。

「或許可以說他有志氣……只有一次的話，劈腿或許也能增添情趣！可是葉山和千葉君根本是不同世界的存在！海老名推著眼鏡陷入苦思……!!」

已經不是片段，激動的聲音被我聽得一清二楚。

有想跟船梨精結婚的女教師，有跟千葉君劈腿的男學生，總武高中沒救了。

既然要設計吉祥物，人設我也想設定一下。

沒辦法，這種時候就去問問看材木座吧。

我跟材木座約在校舍後面碰頭，問他有沒有什麼好設定可以加在吉祥物身上──

「嗯哼，算你有眼光之美少女。竟然向本人討教人設，可謂慧眼獨具！」

他立刻掀起總是穿在身上的大衣的下襬，衝過來逼近我，牢牢抓住我的手臂。

「等等材木座還是當我沒說過。」

「讓我將這珍藏的人設，授予對千葉愛有獨到見解的你！」

他如同一輛蒸汽火車噴著氣，露指皮手套發出嘎吱聲。

「其名為『破壞神千婆』是一萬年才會在千葉現身一次的三治神中最為冷酷的死亡女神外表稚嫩美麗寒冷如冰雙馬尾隨風飄揚擁有光看一眼就能讓一座城市變回原子的超越人智的力量卻被宅文化吸引住而且還只黏男主角一個人再加上獨自活過數億年的孤獨時光導致她其實——」

……

…………

……………

×　　×　　×

「嗚嗚，嗚嗚……」

我哭著搖搖晃晃走向社辦。

在我的腦內畫面中，我穿著被撕爛的制服。長達數十分鐘的時間暴露在毀滅音波下，整個人憔悴不堪。

那個人好討厭，我都喊停了，他還是不肯放開人家……

我親身體會到不小心打開設定廚的開關有多恐怖。

破壞神千婆是什麼鬼，那傢伙寫小說陷入瓶頸，竟然想創造這麼可怕的怪物。害我覺得有點帥。

我拖著遍體鱗傷的身軀抵達侍奉社社辦。

「你來得真慢……今天你不只眼神，連表情都毫無生氣。」

「自閉男，還好嗎？發生什麼事？」

雪之下和由比濱似乎感覺到我有多疲憊，紛紛關心我。

「嗯，我沒事。光活著就該慶幸了。」

我倒在椅子上。桌上放著筆記本和紙，看來雪之下跟由比濱已經在討論了，還有幾張試畫出來的圖。

我們拿出各自的設計稿互相交流。

首先是由比濱，她將素描本立在桌上。

「我呀，想加入自閉男喜歡的千葉君要素。因為畫想到這個主意的自閉男會喜歡的吉祥物是最好的。所以，我去問了姬菜的意見！」

光看前半句滿感人的，可是跟後半句完全接不上耶。這本書是不是裝訂錯誤啦？

「噹噹！」

由比濱露出天真爛漫的笑容翻開素描本。

我和雪之下同時把臉湊過去。

莫名其妙提高了頭身比的帥氣千葉君，抓住被逼到牆邊的我（？）的領帶，輕聲呢喃「我一直都有感覺到你在看我喔……？」。我（？）帶著夾雜罪惡感及羞恥的表情別過頭。

真的假的，千葉君，原來你有發現我熱情的視線……

不不不不。

這是海老名大大的作品對吧？怎麼說呢，畫風散發出一股強烈的黑氣……不，是腐氣。

「那個，由比濱同學。那是普通的千葉君吧？」

雪之下困惑地問。

外表和行動雖然不普通，那確實就是個千葉君。不能把他拿來當侍奉社的吉祥物吧。

由比濱「嘖嘖嘖」得意地搖晃手指。那個咂舌聲不是耍帥，幾乎真的發出聲音來了。

「要讓自閉男和千葉君合體，這就是姬菜給的建議!!」

海老名給的建議是少年漫畫裡面的那種合體對吧。是「讓我們聯手作戰吧」的那種純粹的合體對吧。

「就算我這種人跟千葉君合體，也只會讓擁有一千戰力——因為叫千葉縣所以是一千戰力——的千葉君變成一千零一戰力吧……不，搞不好會變得比現在更沒魅力。」

我不認為自己有當成合體素材的價值。

「不會啦！名字也已經想好了喔？自閉男……八幡和千葉君，所以是八葉君！是個好名字對不對？」

「好個——」

我差點說出「好個屁」，不過講到一半不禁有種「咦？好像還不錯？」的感覺。我真的對千葉君標準放很低……

「鏘鏘，請看!!」

由比濱徹底化身成連環畫劇藝人，將素描本翻到下一頁，紙上是完美合體的我和千葉君。

……千葉君渾圓的眼睛，變成混濁無神的死魚眼……

「除了眼睛以外，都是原本的千葉君吧？」

筆觸跟剛才那張圖不同，這張應該是由比濱自己畫的。比原本的千葉君更接近Q版，輪廓經過省略。

這傢伙眼神都死了還吐什麼舌頭啊。

「不過看就知道是自閉男跟千葉君的合體版對不對？」

由比濱信心十足地朝我看過來。

「對呀，至少認識他的人一眼就認得出。能這麼精確地畫出比企谷同學，由比濱同學，我覺得妳很厲害。」

雪之下帶著溫和的笑容誇獎她。

「嘿嘿……嗯，畢竟自閉男的眼睛我都記住了……」

聽見她的稱讚，由比濱害羞地撫摸後腦杓，大概是自信之作。她不停偷看我，又樂得靦腆一下。

看這氣氛，不能隨便打回票啊……

至少加上我的頭髮吧，制服的一部分也好。八葉君不但全裸還是鮮紅色耶。不對，不如說我在合體這場生存競爭中，只有眼睛存活下來嗎？

「原來如此。合體的話，我會被千葉君徹底支配啊……」

我有種自暴自棄的感覺，不屑地說。

「你還是一樣缺乏上進心。就不能說你要把千葉君的意識壓下去，反過來支配他嗎？」

雪之下嚴厲的視線，譴責著沒骨氣的我。

「沒錯！自閉男成分太少的話，現在開始多表現一下也行呀！」

「是那個問題嗎……!?」

我是喜歡千葉君沒錯，但我不會因此想變成千葉君吧？

跟不會有人因為喜歡雙馬尾這個髮型，就想變成真正的雙馬尾一樣。

……不，說不定會有，可是至少我並不希望跟千葉君同化。

「那麼就先把這當成第一個選項，我們也來發表吧。」

不是當成選項，是廢案吧，幹麼理所當然把他列入考量啦。

把他當成侍奉社的吉祥物，會再也接不到委託喔。

雪之下清了下嗓子挺直背脊，把紙遞到我們面前。

「我想的侍奉社吉祥物是這個。名字叫『努力貓』。」

紙上是一隻痛苦地舉著啞鈴的貓。

「哇──好可愛──!!」

由比濱發出女生特有的尖銳附和聲。可愛……嗎？

「哪裡有侍奉社的要素？」

我忍不住問。

圖本身畫得挺好的，不過某種意義上來說，比千葉君更沒有侍奉社的感覺。這隻怎麼看都是運動社團的吉祥物吧。

「侍奉意為盡己所能。努力。所以叫努力貓。」

雪之下得意洋洋地撩起頭髮。

不，我在意的不是名字，是外表……看見她那不含一絲迷惘的清澈眼神，我只能無言以對。

對喔，雪之下喜歡的貓熊強尼，也是長得很凶的動物。戶塚畫的吉祥物也有攜帶武器。

難道只是我審美觀有問題，現在的吉祥物非得加入暴力屬性嗎？

「那自閉男的呢？」

由比濱瞇眼看過來。唔，我確實對她們兩個的設計吐槽了一堆，但要說我設計的吉祥物是否完美——

「這、這個。『侍奉菇菇』……」

我拿出來的紙上，畫著蘑菇形Q版吉祥物。

我的目標是配件不要太多，外型走簡單路線，只在他的身體加上總武高中男生制服的領帶做為特色。

「為什麼是蘑菇？」

昨天誇我畫的千葉君誇成那樣的由比濱，今天看了一眼也感到困惑。

「因為侍奉跟孢子同音。」

好尷尬。感覺像在解釋難笑的笑話。

侍奉菇菇頭部時常會噴射黃色粉末。那個孢子就是他最大的特色。

「這是冷笑話吧……」

「感覺比較像遊戲裡面的敵人，不是吉祥物。」

雪之下和由比濱使出輕快的二連擊。

唔，迴響果然不怎麼好。

「走冷笑話風格就行了啦。我昨天不是說過？這種簡單的概念對吉祥物來說很重要。要用圖片表現『侍奉』這個概念很難，換成孢子就能立刻把意思傳達出去。」

我嘴上這麼說，內心其實愈來愈沒自信。懷著信心開始畫，畫完後卻覺得「這樣真的可以嗎」，這種事很常見呢。

是我不好。八葉君和努力貓都很有魅力。

「老實說，我覺得用哪一種方案都可以。」

「咦──好難決定喔～」

由比濱看著桌上的三張圖沉吟。

「是啊……那就向第三者徵求最誠實的意見吧。」

雪之下瞥了我一眼，從書包裡拿出手機。

× × ×

不到一小時，那位第三者就殺到社辦，非常有既視感的畫面。一名身材嬌小的少女活力十足地走進來。

容我介紹一下，是我妹比企谷小町。

「啊，是小町！嗨囉。」

「嗎囉！的說。」

又誕生嗨囉的亞種了嗎？而且這次的語感跟用音速踢大腿一樣，唸起來超不順。

「嗎囉是什麼東西？」

「當然是取自小町(Komachi)的『ＭＡ』呀！小町爆炸尊敬結衣姊姊滴。」

哇咧——我妹講話怎麼變得有點像戶部。

再說，這樣的話為什麼不是取小町(Komachi)的「ＫＯ」變成「叩囉」？我的名字也有「ＭＡ」的音啊……（註18）

註18「八幡」的日文為「Hachiman」。

我將這句吐槽藏在心中，判斷該念的還是要念，面向雪之下。

「可以不要動不動就召喚我妹嗎？」

這傢伙難道沒有其他非社員的朋友？

……………沒有吧，抱歉。我也沒資格說她。

「我覺得國中生對流行比較瞭解。這種時候小町很可靠。」

「雪乃姊姊，妳完全不用介意喔！網路上流行什麼就交給小町吧！小町這個世代可是把人生交給GAFA的人!!」

小町將拳頭放在胸前，表示自己值得信賴。

那個不知道叫GAFA還是TIBA（註19）的新世代的寵兒，立刻跟雪之下打聽事情經過，然後逐一過目我們畫的圖。

「嗯嗯……八葉君和努力貓都不錯……不好意思，要選的話小町覺得八葉君好像比較適合。」

「我不介意的，小町。」

小町不安地凝視雪之下，雪之下苦笑著聳肩。

……………咦？侍奉菇菇呢？

註19　GAFA指Google、Apple、Facebook、Amazon，TIBA為千葉之意。

「不過既然要當吉祥物，小町認為刪除哥哥的要素，凸顯雪乃姊姊和結衣姊姊的要素比較好。」

刪除哥哥要素就只是單純的千葉君了耶。怎麼，妳想讓他變成雪葉君或結葉君嗎？

「不過就算吉祥物是八葉君，小町也會成為他的忠實觀眾啦☆……剛才那句話小町覺得分數挺高的。」

小町接著說道，不曉得是不是在安慰我。她搭配那句口頭禪，豎起大拇指。推測是按下「我喜歡」（YouTube 的）手勢。

大家沒有停頓，立刻開始討論。

「聽你們這樣說，平塚老師賭在結衣姊姊的嗨囉上，所以小町覺得果然該善用嗨囉這個招呼語！」

「我、我的嗨囉沒那種價值啦……！」

「怎麼會——請妳有自信一點！小町喜歡嗨囉!!」

「對呀。我也喜歡由比濱同學開朗的問候。」

連雪之下都講得這麼明白，自然會產生自信。原本一臉困惑的由比濱終於露出笑容。

「啊——討厭——最喜歡小雪乃了!!」

她抱緊雪之下，不著痕跡地對我使了個眼色。

好像是要我講幾句話……但我在這時候故作內行地稱讚嗨囉，也有點怪怪的。因此我決定假裝沒發現，抬頭望向天花板。

「小町有個建議！侍奉社的吉祥物，用雪乃姊姊和結衣姊姊的合體版如何！口頭禪當然是嗨囉！」

由比濱黏著雪之下，臉頰都貼在一起了。妳們感情真好。

「啊哈，不錯耶，跟小雪乃合體!!」

「原來如此。雪比濱嗎？」

我拿起紙，用自動筆在上面塗鴉。

雪之下的長髮維持原狀，上面加顆丸子頭……像這樣隨便將兩人的特色綜合在一起，創造二頭身的Q版女高中生。

不知為何，本來只是畫來搞笑的，卻被我畫成還能看的品質。到底怎麼回事？

「唔喔喔，畫得真好……不愧是每個禮拜準時收看光之美少女的人。」

小町像個鑑定家似的，以誇張的動作審視那張圖後，轉頭望向我，用力豎起大拇指。又得到一個「我喜歡」了。

「而且，哥哥觀察雪之下小姐和由比濱小姐觀察得真仔細呢。」

小町同學把手放在嘴邊，對我露出意味深長的笑容。

哈哈哈少來，別說仔細觀察了，我一直都是盡量不去注意她們呢。

「……還不錯。我也對這個吉祥物沒意見。」

明明等於是自己被人畫來玩，雪之下卻露出溫和的微笑。

「嗯，這好耶，自閉男！我開始覺得愈來愈有希望了!!」

至於由比濱，她樂得彷彿要把設計稿緊緊抱在懷中。

咦，那吉祥物這樣就算設計好了嗎？

有志者事竟成，平塚老師叫我們創頻道的時候，我還在擔心咧。

我將雪比濱的圖立在桌上固定住，拿手機鏡頭對著它。

現代的拍片環境，這樣就夠了。

「嗨囉～！我是侍奉社的吉祥物雪比濱！我們創了官方頻道喔～！」

按下錄影鍵的瞬間，黑白的雪比濱便添加上名為聲音的色彩。

這傢伙適應力挺高的嘛。

雖然可能是因為自己的臉不會被拍到帶來的安心感。

由比濱正準備繼續說下去，小町卻像導演似的，有模有樣地喊停。大概是要給建議。

「這是第一支影片，最好跟觀眾說明一下嗨囉是什麼吧？」

不過，我也有意見。

「笨蛋，那樣反而是多餘的。光憑語感就聽得出嗨囉是招呼語，不多加解釋，讓它不知不覺間成為固定用詞更好。」

小町「喔喔」發出讚嘆聲，拍拍我的手臂。

「唔，不愧是哥哥。比小町更瞭解嗨囉。小町有點嫉妒。」

那是「最喜歡的哥哥都只去關心嗨囉人家不要啦」這種妹妹特有的可愛嫉妒心呢，還是「最瞭解嗨囉的人是我才對！」這種扭曲的感情呢。

無論是哪種，我們繼續開始拍片。

「今天要來介紹侍奉社的社長——小雪乃！」

「等等……!?」

由比濱如同在幫自己買的家電產品開箱的 YouTuber，忽然介紹起社長。難怪雪之下會啞口無言。

她在沒有看稿的情況下侃侃而談，熱情地分享雪之下有多麼優秀。我甚至覺得雪比濱的圖在自己動，不知道是不是錯覺。

或許是出於害羞，雪之下立刻伸出手，卻無法制止由比濱，手停在空中不知所措。

「小雪乃努力經營的社團，就是侍奉社！下次會介紹社員自閉男！」

點閱率百分之百會驟降。不要啦，下次也講小雪乃就行了啦。

「大家記得訂閱頻道跟幫我按讚喔！」

由比濱以固定臺詞為影片作結。

我也按下手機的停止錄影鍵。

「……由比濱同學，妳真厲害。平塚老師說得沒錯。」

聽著由比濱的介紹，雪之下害羞得耳朵都紅了，不過影片拍完後，她似乎給予相當高的評價。

「我至今從來沒想過要做活動紀錄……可是看到由比濱同學為侍奉社留下的軌跡，我覺得很棒。」

「是、是嗎……聽妳這麼說，我好高興！」

的確。

侍奉社的活動紀錄……那是由比濱才有辦法講述的東西，不是我也不是雪之下。些微的確信湧上心頭。

「對呀——小町看了也有點想拍片了。對不對？哥哥。」

哥哥不同意喔。只能啟用監護人過濾器了。像大志那種人感覺就會一直守在螢幕前，等小町一傳新影片就去搶頭香。

如我所料，設計吉祥物是最大的難關，試拍的影片很快就拍完了。

明天應該會去找平塚老師檢查，看能不能真的拿來當侍奉社官方頻道的第一支影片。

至少可以確定，雪比濱不會被退稿。

他和由比濱的契合度就是這麼高。

× × ×

雪之下說要送小町到校門口，離開社辦。大概是覺得她把小町叫過來，至少回去時要送她一程。

我和由比濱同時動手收拾善後。

說是善後，也只是把手機和紙收起來而已。

由比濱喜孜孜地重新看起一張張吉祥物的草稿。

「看妳挺有幹勁的，妳不是不喜歡幹這種事嗎？」

她愣了一下──

「啊哈哈……就，滿開心的。」

接著立刻露出羞澀的笑容。

「『嗨囉』是我隨口發明的招呼語。大家願意喜歡它。我想說如果這樣能幫上侍奉社的忙就太好了……就有了幹勁。因為平常有人來諮詢煩惱的時候，我都幫不太上忙嘛。」

由比濱無所適從地用手搔著臉頰。這自虐的程度連我都有點傻眼。

「妳這自我貶低聽起來很諷刺。想太多了啦。要是沒有妳，這社團早就出問題了。」

由比濱肩膀一顫，提心吊膽地看過來。眼泛淚光，不曉得有什麼樣的情緒在其中來來去去。

「妳知道只有我和雪之下兩個人的時間，氣氛有多險惡吧？是因為妳無憂無慮地說著『嗨囉』走進來……侍奉社才終於開始運作。」

總覺得這番話好羞恥，可是婉轉的說法或譬喻，這傢伙根本聽不懂。偶爾像這樣直接跟她表達感謝，應該也不錯吧。

「哪、哪有……太誇張了啦。」

不過啊，連表現出「我是勉強自己說出口的」的平塚老師，說不定都是從很久以前就在觀察講嗨囉的時機喔。

嗨囉給人留下的印象，比由比濱想像中更加深刻。

「是說，我也覺得嗨囉還不錯。我妹也很喜歡。」

我趁這個機會講出剛才跟大家討論時，因為難為情而沒說出口的話。雖然還是有點不好意思。

「……謝謝你，自閉男！」

由比濱害羞得臉頰微微泛紅，對我微笑。

「只不過，老實說，我覺得這次的委託妳最好不要太有壓力。以學校或社團的名義建立頻道，還在實驗階段。最後成效不彰，某天突然拿會影響課業當藉口喊停的可能性也很大。」

不如說這個可能性還比較高。我擔心由比濱會不會因為太過投入，到時受到打擊。

「嗯。可是……我想留下回憶。因為侍奉社是我跟你和小雪乃經營到現在的社團嘛。無論什麼事，留下影片或照片總是好的。」

想留下紀錄，是因為知道這段時間終將結束。

不只今天，搞不好由比濱總是懷著感傷的心情待在這間社辦。

懷著我沒去正視、默默接受的那抹寂寥。

「這樣的話，設計個吉祥物可能不錯。雪比濱是侍奉社最大的象徵。」

結果，那些設計稿沒收進任何人的書包，只是整理成一疊而已，雪比濱就放在最上面。

仔細一看，儘管這樣講是在自賣自誇，畫得挺不錯的嘛。

「關於那件事。」

由比濱從那疊紙裡面拿出雪比濱的設計圖，跑跑跳跳衝到我旁邊。

「吉祥物……改叫『雪比濱人』啦。」

「不是雪比濱……而是雪比濱人？」

那什麼東西？明年的超級戰隊？呃，最近沒作品會用「～人」來命名啦。

由比濱愧疚地用橡皮擦擦拭雪比濱的眼睛。

她一面斜眼觀察我的反應，一面仔細擦乾淨，親手重新畫上眼睛。

「加上八幡(Hachiman)的Man，變成雪比濱人。這樣就有你的要素了。」

她畫的眼睛跟八葉君一樣。是她誇口說自己已經記住，所以能輕易畫出來的那雙死魚眼。無疑是八幡同學。

「我說，構成我的要素只有眼睛嗎……」

我再次凝視雪比濱人，發現這外型異常適合，有點驚訝。

可惡，臉是美少女的話，就算眼神死也一樣好看嗎？太不公平了吧？

「這就是侍奉社的回憶(吉祥物)……特徵這麼明顯，想忘都忘不掉呢！」

看著手上的圖，由比濱臉上漾起微笑，表露各式各樣的情緒。

彷彿在憐愛過往的回憶。彷彿在託付未來的回憶。

由比濱淘氣地看過來，將雪比濱人的圖對著我，拿到臉前甩動。

她從紙後面探出頭，與我四目相交，接著又把臉縮回紙後面。

不是在用吉祥物這個面具藏住自己，而是做為一名為回憶注入生命的演員。做為將侍奉社三人的心連結在一起的少女。

她精力充沛地說出那句招呼語。

「嗨囉！」

總覺得有一天，我能喜歡上那股甜味。

渡航

最近，晚餐的菜色增加了一道。

嗯，是甜品，啊，現在的年輕人都是講甜點吧。抱歉抱歉。我不太喜歡吃甜食，對這方面不熟。

就是啊，最近晚餐常常會附甜點。

不是，我沒有升遷，也沒有加薪。不僅沒有，拿工作量換算的話，甚至覺得薪水變低了。是你們常說的「CP值低」嗎？最近的年輕人真的好厲害。我這個大叔完全不懂大家在想什麼。

喔，這是稱讚喔？這是稱讚……年輕人也常用這句話。那些孩子是不是覺得說人壞話的時候也只要加上一句「這是稱讚」就行？

……啊，沒有啦我真的是在稱讚你們！對不起！不要生氣！我沒有他意！不要憤怒地喀喀喀敲鍵盤！很恐怖！

真的不是啦。唉唷，我們那個年紀的時候還完全不會考慮到CP值嘛。上一個世代正好遇到泡沫經濟，覺得公司的錢就是自己的錢，花預算花得毫不手軟……

本來想說接下來就輪到我們，結果被說是冰河期和失落的一代，搞了個財政緊縮政策又刪預算對吧？別說經營成本了，連預先投資的錢都沒有，被迫在極限狀態下工作……

所以，現在的年輕人真的很能幹。比我們更不會亂花錢，又聰明，我深感佩服。不會為了顧面子而跑去買車買手錶，現在也不會去買房吧。用租的就好，的感覺？

嗯嗯。我知道是因為年輕人沒錢。

對不起喔薪水這麼低！雖然這不該由身為勞工的我道歉！我們公司撤除掉上面那些老屁股，薪水也沒多少喔？不如說我也沒領多少錢喔？真的啦真的。

儘管我是當經理的，這是那個啦，用來逼你假日去上班讓你加班加到爽的有名無實的管理職喔？超黑心的。黑心公司。

總之，我們公司經營狀況也沒好到哪去！雖然不至於倒閉……有好一段時間業績都沒起色。這樣就要減少成本了，所以你們說的果然沒錯～我也誠心這麼覺得。

你們年輕人大家都很厲害。很努力，想得很仔細。現在的年輕人打從出生的那一刻起，就活在有點不景氣的時代嘛。

所以我才不懂。

該怎麼說呢，大概是，富裕的基準變了吧。

總覺得你們追求的是更不一樣的事物，而不是只要有錢，誰都能隨便買到的東西。

具體上來說是什麼？……呃，我也不曉得該怎麼解釋……我只是想講有點帥氣的臺詞……啊，等等，我想到了！是那個吧，時間之類的？你們很珍惜自己的時間對吧！雖然我也不清楚啦！

我們年輕的時候刷 Amex 買 Rolex，不過現在比起有形的 Status，大家更重視無形的 Priceless 的感覺？

啊，這句話是不是有押韻？是 Rap 對吧。4Rap 對 8！對了，現在很流行 Rap 對不對？催麥對吧，催麥。我知道。很流行呢～我知道我知道。很受歡迎呢～

我乾脆也來練習唱 Rap！可是饒舌好難我氣噗噗！

…………呃，你反應這麼冷淡滿厲害的。

嗯，好的，您說得對。對不起，我複誦一遍。

「會注意流行的只有女高中生跟大叔。」

雖然我也知道自己是大叔，被年輕人這樣說還滿受傷的……

……不不不不是啦，我有個女兒，我只是在想這能不能當成我跟她聊天的話題……我不是大叔，只是個爸爸啦……

我女兒？啊，嗯。她今年十七歲。四月就升高三了。

可能是因為這樣吧……跟女兒聊天時我都會想，搞不懂年輕人在想什麼，是我們這些大叔太怠慢了。

明明上年紀的是我們，卻不去努力理解他們。

擺出這種高高在上的態度會被女兒討厭吧？所以我覺得必須慢慢跟她拉近距離，這樣一想，就不會想批評你們年輕人了。

咦——？沒有啦沒有啦什麼好爸爸，哎唷誇我也不會有好處喔？啊，講點題外話，要喝咖啡嗎？要不要喝點甜的？我從我的零食盒裡拿點東西給你吃吧？

不需要？啊，是嗎……比起吃零食更想早點回去。原來如此。我懂。我也是。

我也想快點回家吃晚餐……

——那，趕快把工作做完回去吧。

×　×　×

我隨著人滿為患的電車搖晃，用 LINE 傳了短短一句「我要回去囉～期待晚餐

♪」。句子太短也不好，所以我還不忘加上表情貼、表情符號和貼圖。

我動了下因為加完班的關係而陣陣痠痛的肩膀，收起手機。

哎呀，今天也是漫長的一天。

加完班，叫下屬回家，走在東京站地下深處遼闊的大廳……

抵達離我家最近的車站時，已經過了晚上九點。

這樣的生活持續了很久，因此我現在也不會覺得痛苦。不如說，最近我還滿喜歡這個回家的路線。連比起東京站，離有樂町更近的通往京葉線月臺的地下道，走起來都有種在運動的感覺。

畢竟晚餐會有手作甜點，多少先消耗一下熱量。

那個手作甜點不是每天都有，而是看心情而定，但這也有種獎勵的感覺，導致我開始期待家裡的晚餐。沒有啦，我總是很期待的。

然而，為何晚餐的菜色突然增加一道，這個謎團仍未解開。

我想不到可能成為契機的事件。我的職位跟薪水都沒變，基金也沒動到。年金也是很久以後才會領回來。

房子和車子都還有貸款要還，現在又正好遇到增稅和經濟不景氣，我甚至覺得家裡更缺錢了。當然，我的收入足以供一家人溫飽，不構成太嚴重的問題。

可是，突然多一道菜真的令人疑惑。

夏天的話，我還能用類似「茄子和黃瓜那些蔬菜大豐收，價格很便宜」的理由說服自己。妻子八成會帶著柔和的笑容雀躍地說「我看賣那麼多，就買來醃了～啊，不過來不及今天吃，所以我只有醃一晚而已～」。秋天的話，她可能會說地瓜很便宜，便把飯做成地瓜飯，還會附一小盤拔絲地瓜……發生這種事都不奇怪。冬天則會把整箱橘子隨手堆在一旁，拿來代替甜點吧。

不過，手作甜點是從初春開始出現在餐桌上的。不不不，春天也有很多當季食材，妻子也常去超市囤積大量的食材。

若那些甜點用的是當季食材，我應該比較能接受。想用平常採購時順便買來的食材做料理，是極其自然的理由。

但初春的某天晚上，餐桌上出現的是水蜜桃塔。

奇怪，水蜜桃的產季是夏天才對……

當時我產生這樣的疑惑，不過我很久沒吃到手作點心，就沒想那麼多，吃得不亦樂乎。

新婚時假日還會有蘋果派吃的說，好感慨……沒那麼喜歡甜食的我和最喜歡甜食的妻子的妥協點，就是加了蘭姆酒的蘋果派……

我邊想邊沉浸在回憶中，電車開到了我居住的城市。

我期待著晚餐，雀躍地跑下車站的樓梯，趕往心愛的家。

穿過大廳，下了電梯就直奔家門！

「我回來了——」

「歡迎回來——」

打開門，走廊上客廳的門剛好打開，妻子抱著愛犬酥餅走出來迎接我。

× × ×

要加班的話，實在很難與家人共進晚餐。有擔心體重的青春期女兒的家庭，或許都是這樣。

結果，在這個時間吃飯的只有我和酥餅。我津津有味地吃著妻子做的料理，酥餅則在我腳邊吃飼料。

我享受著美味的料理和幸福，合掌說道「我吃飽了」，酥餅似乎也滿足了，吐出一口氣走向在沙發上休息的妻子。我呆呆看著牠走掉，撫摸肚子。

嗯，差不多八分飽。夠飽了，但總覺得少了些什麼。

因為我一直聞到很香的味道。香香甜甜，有點懷念的味道……

我望向香氣的來源，愛女穿著圍裙，面色凝重地在廚房苦思。帶著淡粉色的褐髮綁了個鬆鬆的丸子頭，隨著她歪頭的動作搖來晃去。

平常我一回家，她就會立刻關回房間，今天卻在廚房跟什麼東西奮鬥。奇怪……那孩子平常不會下廚的啊……

「結衣，妳在做什麼？」

結衣無視我，蹲到地上。然後心不在焉地回答：

「嗯，就，做東西。」

好冷淡。好冷淡的態度。我因為女性下屬的關係，已經習慣被人這樣對待囉！

「在做點心對不對～？」

大概是看不下去我跟結衣這樣講話，妻子像要給我臺階下似的接著說。

噢，原來如此。結衣好像在跟烤箱互瞪。她要做點心啊……真稀奇。機會難得，必須拍照留念！我急忙起身，將鏡頭對著廚房，想說用手機拍一張。

笑一個笑一個，來，說「七——」。我正準備開口。

「…………」

結衣的臉超臭，默默瞪著我。好可怕……我把手機放到地上，舉起雙手，垂頭喪氣地坐回桌前。嗯，下次再拍吧……等結衣妹妹心情好的時候，嗯。

不過，結衣親手做料理並不常見。妻子廚藝很好，是受到她的影響嗎……我漫不經心地猜測，恍然大悟。

「老婆，最近常吃到的那些甜點……」

「啊，那個嗎～？味道有進步對吧～？」

聽見妻子這句話，結衣迅速站起來，從廚房探出頭，然後默默觀察我的反應。

意思是，最近那些甜點果然是出自結衣之手吧。那麼，我的回答當然只有一個。

「好吃，太好吃了，風在對我訴說（註20）……」

「結衣～有沒有聽見～太好了呢。」

「嗯。是說，我又不是做給爸爸吃的……只是在練習。」

結衣冷漠地別過頭，臉上卻帶著滿足的微笑。

「是嗎……一直在做甜點給我們吃的是結衣啊。」

之前從來沒看過她下廚……女兒不知不覺長大了。我因為太感動，差點變成《小狐狸阿權》裡故事尾聲的兵十。

討厭——！這種事要先講啊～！手機手機！我把手機放在哪裡!?老婆，有沒有看到我的手機!?得把結衣做的甜點拍下來才行！雖然我早就吃掉了！

不過，這樣春季限定水蜜桃塔事件的謎團終於解開。

「原來如此……結衣喜歡桃子嘛。」

「咦，啊，嗯，喜歡啊，怎麼突然講這個……」

註20　出自埼玉縣名產「十萬石饅頭」的廣告。

「沒有啦，今年初春，我第一次在晚餐時間吃到水蜜桃塔。我想到那也是妳做的。結衣從小就喜歡桃子呢……每次感冒都會剝冰桃子給妳吃……」

「嗯～對呀～感冒好了後，妳還是會黏爸爸媽媽一段時間，在家時一直跟在我們屁股後面～現在都長這麼大了～」

我看著遠方感慨地說，妻子也配合我把手放在眼角，裝出啜泣聲。從旁看來是場像在搞笑的鬧劇，我們當然也是鬧著玩的，不過，其實我挺認真的。

桃子對結衣來說之所以成了溫柔及愛情的象徵，這段記憶或許占了一部分的原因。嗯——也有可能單純只是喜歡啦。不過這樣想爸爸覺得比較溫馨！

然而，小時候的回憶被人擅自挖出來講，對當事人來說應該不太自在。結衣撥弄著丸子頭，看起來有點難為情。

「我、我小時候那麼容易感冒嗎……」

「我記得妳夏天滿常感冒的。俗話說笨蛋不會感冒，我家的孩子果然很聰明。」

我豎起大拇指，露出散發成熟魅力的微笑，結衣冷冷看過來。她的眼神過於冰冷，還以為我會感冒呢……我抖了一下，不知道是不是被我感染了，這次換成妻子笑得發抖。

「在夏天感冒的人……呵呵呵♪」（註21）

她似乎想到了什麼，不過講到一半就急忙把話吞回去，愉悅地笑著。那抹笑容太過意味深長，令結衣面露疑惑。

「……咦，什麼東西？」

「沒事──」

「妳話絕對沒講完！」

結衣從廚房走過來逼問她，妻子說著「沒什麼啦──」在沙發上滾來滾去，閃了開來。接著，兩人開始在沙發上嬉戲。

妻子倒在沙發上，結衣摟住她的腰靠著她。

和很久以前，感冒剛好的結衣跟妻子撒嬌的模樣非常相似。我至今仍然記得很清楚。超可愛的，所以我還拍了照。日常生活中瑣碎的小事我也想盡量保存下來，導致由比濱家的相簿數量變得相當驚人。攝影不是我的興趣，但我有自信，我是全世界能把妻子和結衣拍得最可愛的人。

因此，沒拍到結衣努力做的水果塔，我愈想愈遺憾。

「如果有把那個用桃子做的塔拍起來就好了……」

註21　日本有句諺語是「在夏天感冒的人是笨蛋」。

「沒關係啦～我有記得拍～」

真的嗎？萬歲。不愧是由比濱家的媽媽。不愧是比濱媽媽！妻子向我招手，我便乖乖走向沙發。

「咦——妳拍了喔？那個沒有做得很好看，我會害羞啦……」

我們三個以妻子為中心並肩而坐，臉湊在一起看手機。結衣一副很不滿意的樣子，可是我看到的照片中，水果塔裝飾得很漂亮。

塔皮好像是市售的現成品，奶油乳酪均勻地擠成一圈，包含水蜜桃在內的鮮豔水果刻意控制了數量，大概是要避免水果太搶眼，仔細排在一起。果膠也像唇蜜一樣光澤亮麗。

「不會啊，很漂亮。妳看，這邊做得很細……」

這時，我忽然想到初春吃到的水果塔。

……不，等一下喔？我吃的塔形狀好像更扭曲。對，跟右邊這個水蜜桃都掉下來了，奶油乳酪如同枯山水般有高低起伏，塔皮邊緣有缺口的水果塔一樣。

仔細回想起來，當時吃到的水果塔裝飾得像走印象派風格，造型十分前衛，亮晶晶的果膠塗得有點多，害口感變得怪怪的。簡單地說，我記得那是個企圖營造出強烈手作感的作品。咦咦，什麼東西？我的記憶遭到竄改了？好恐怖……難道是姑獲鳥之夏（註22）狀態……

我嚇得發抖，看見一個同樣在發抖的東西。仔細一看，是結衣的手指。結衣的臉頰因羞恥而泛紅，尷尬得縮著肩膀，指向我剛才在看的醜醜的水果塔。

「……我做的，不是那個，是這個。」

「這、這樣啊！哎唷，這個也做得很漂亮啊，超好吃的！……那另一個是媽媽做來示範的囉？」

我拚盡全力唬弄過去，針對剛才大肆讚揚過的水果塔提問，結衣瞬間停止顫抖。指著手機螢幕的手迅速伸向頭上的丸子。

「啊……呃，嗯，可能，或許吧。」

「對對，大概是……」

結衣撥弄著頭上的丸子，頭轉向另一邊，動作僵硬到脖子彷彿會發出「吱吱吱」的聲音。妻子輕輕撫摸綁在後腦杓的丸子頭，笑容滿面，由於她笑得太開心，眼睛都瞇起來了，完全看不透。

這個反應，明顯不是妻子做的……

註22　梗出自京極夏彥的小說《姑獲鳥之夏》。作中角色榎木津禮二郎的左眼擁有能看見他人記憶的特殊能力。

不，我也早就發現了！

仔細一看，以她做的來說色彩有點不夠鮮豔。若是結衣做的，反而太鮮豔了，照片中的那個塔莫名有種裝模作樣的感覺。

跟品味差的設計師講出「我想說簡單是最好的」這種鬼話，結果混水摸魚，交出依樣畫葫蘆的成品一樣。簡單才最需要美感，都不知道講幾次了。

那個水果塔整體上來說做得有點精緻，其實隱約可見「太認真也很糗……」之類的扭曲想法；卻又透露出覺得「出糗好丟臉……」的自尊心及羞恥心，或者說是虛榮心，看得出那人配合度很差，不知道要怎麼放手去玩。這什麼東西？我手下的年輕職員做的工作嗎？這個年輕人瞧不起經理是吧？

可是，我一直以來都是個挺能幹的上司。這種時候的應對方式當然也早已學會。敝公司走的是多多稱讚年輕人，好讓他們進步的路線！

「不錯喔！這個範本做得很好！厲害！感覺得到做的人溫柔又認真！爸爸喜歡這種！」

雖然不知道是誰做的，總之先亂誇一通，凝視遠方的結衣慢慢把臉轉過來。人一旦被誇，口風就會變鬆。誇得太過頭就會謙虛起來，主動坦承自己犯下的小失誤。呵呵呵，我面對職場政治還能存活至今，可不是沒原因的。

如我所料，結衣摸著丸子頭，害羞地開始述說。

「是、是喔……沒有啦……與其說認真，不如說頑固……溫柔倒是有沒有錯……」

「對呀～看得出做的時候懷著真心，我覺得很好～媽媽也很喜歡～」

「是、是嗎？有嗎……好像有。嗯，水果的配色雖然不太好看，不起眼，好像感覺得出他是認真做的……」

「對對對！真不錯！是誰做的？」

結衣靦腆地笑著說道，我帶著笑容附和，裝出非常自然的感覺順口詢問。原本滔滔不絕的結衣瞬間語塞，然後又僵硬地別過頭。

「朋、朋友……」

我懷疑————！！！

看這個掩飾法，不是單純的朋友吧……

「對呀～還是朋友～」

在我猶豫該不該繼續深究時，妻子輕笑著扔出一句萬萬不可忽略的話。

「啊，應該快烤好了！」

結衣的語氣假到很不自然，從沙發上起身，逃向廚房。我完全錯失追問的時機，只能愣在原地。

過沒多久，結衣拿著托盤啪噠啪噠地走回來。

「來，試吃看看。」

她遞出剛烤好的派。不可思議的是，外型稍嫌粗糙，卻有種既視感。好懷念的感覺……看著看著，我突然發現，跟妻子做的蘋果派很像。看來這是結衣自己調整食譜後做出來的。

不過，香味有點不同。仔細一看，內餡似乎也不是蘋果。派皮底下的果肉看起來很柔軟，從切面掉下來。

這是什麼？我拿起一塊享用。香酥的派皮在口中碎開，新鮮水蜜桃的香氣及濃郁的甜味，接著在口中擴散開來。原來如此，是水蜜桃派啊。而且跟妻子的食譜一樣，加了蘭姆酒。

「……好、好吃嗎？」

「好吃。結衣做的什麼都好吃。」

我豎起大拇指，回應結衣不安的視線。然而，這好像不是她想聽的回答，結衣深深嘆息。

「不是啦……我想知道對男人來說，能不能接受這個味道。」

「嗯……這個派當然也很好吃，我非常喜歡，可是爸爸喜歡更清爽一點的口味。」

「呃，我沒在問爸爸的喜好。」

結衣甩手否定。

嗯——又是這麼冷淡。冷淡的態度。不過小我二十歲以上的新人也這樣對過我，所以我已經習慣囉！

妻子大概是覺得我太可憐，苦笑著幫我緩頰。

「嗯~因為爸爸不是甜食派嘛~」

哈哈哈，甜的只要有這樣的生活就夠囉！看，我老婆和我女兒超漂亮超可愛的對吧？跟你說，嫌我煩的時候的冷漠語氣，跟叫我爸爸時的撒嬌語氣，不覺得超讚的嗎？更重要的是，講那麼多結果她還是願意做點心給我吃，還會徵詢我的意見。過著這樣子的生活，要我怎麼變甜食派呢？

這時，陷入沉思的結衣忽然抬起頭。

「這樣啊……不是甜食派的話，可能不能拿來當參考……那不需要爸爸了。」

我一下就被拋棄了。嗯……爸爸還沒被公司拋棄過，有點不知道該做何反應呢。

結衣無視不知所措的我，衝到廚房，這次拿著盤子回來。

「這是我剛才做的。這個不甜……但只是做來練習的，所以有點那個。」

她遞給我的是餅乾。

星形、心形、圓形、三角形、四角形，形狀五花八門，卻沒加配料或擠糖霜，是極其樸素的薄片餅乾。我盯著放在矮桌上的盤子和結衣，結衣大概是害羞了，迅速坐回沙發上，躲到妻子背後。

她隔著妻子瞄了我一眼，咕噥著說：

「……下次再認真做給你吃。」

什麼？這孩子說什麼？太可愛了吧？

「可、可以嗎？為爸爸做的？特地為爸爸調整甜度的結衣手作點心？做給爸爸？真、真的可以嗎？」

我因為太感動，忍不住哭出聲來，結衣撥弄著丸子頭，別過臉。

「沒什麼不行的……這也可以當成練習。別講那麼多了啦，快吃。」

她一副悶悶不樂的樣子，鼓起臉頰扯開話題，粗魯地把盤子遞過來。我懷著敬意接過，馬上轉頭望向妻子。

「老婆，我們家有神壇嗎？沒有啊。沒有呢。那要做一個嗎？現在做一個？然後供起來？」

「佛壇應該也行吧～啊，可是搞不好會沾上線香的味道～」

「好了啦快吃。」

結衣瞇眼看著我們，語氣中參雜些許不耐。在她的催促下，我急忙將餅乾送入口中。

咬下去的瞬間，餅乾就碎了開來，滿嘴都是淡淡的甜味。入口即化，甜度偏低，害我忍不住又拿了兩、三片。

「嗯，這個好好吃。我喜歡。」

我不太吃甜食，但這個餅乾從客觀角度來看依然稱得上美味。聽見我誠實的感想，結衣鬆了口氣，揚起嘴角。

「看來沒問題。來，酥餅也吃吧。」

結衣從我面前的盤子中拎了幾片餅乾，拿給趴在腳邊的酥餅。

嗯？嗯？我看看手中的餅乾，又看看跳起來的酥餅喀哩喀哩地吃著的餅乾，怎麼看都是同樣的餅乾。

「咦咦……跟酥餅的待遇一樣……意思是，爸爸……跟酥餅一樣被結衣深愛著……？」

「爸爸樂觀的這一點最棒了～」

妻子為我鼓掌。呵呵，對吧？我可是光靠這個順應氣氛的能力就爬到經理之位呢！話雖如此，我還是有點擔心。

「這個給酥餅吃沒問題嗎？」

「當然～我查過了～網路上說用豆腐渣做的餅乾很營養～」

妻子滑著手機，開啟拿來當參考資料的網站給我看。上面清楚寫著「手作犬用餅乾」。嗯——愈看愈覺得主要是給狗吃的……

算了，這食譜應該是想讓人跟狗都能吃得開心。既然如此，我吃了照理說也不會出問題。我和酥餅像在競爭似地吃得津津有味，或者說吃得狼吞虎嚥，妻子開心地笑了。

「太好了~這樣就能給人家吃囉~」

「媽、媽媽，那個不用說啦……」

妻子把手放在臉頰上，露出燦爛的笑容，結衣慌張地制止她。

的確，這個餅乾我和酥餅都愛到不行。也能給其他人吃吧。妻子說的再正確不過。

不過，她打算給誰吃呢……從妻子的語氣和結衣驚慌失措的模樣判斷，明顯不是我……怎麼想都沒把我算在內！跟下班時下屬在約人喝酒的氣氛一樣！

這種時候，經理的應對方式大致有三種。

第一種，假裝沒聽見。這是最標準的應對方式。

第二種，說句「喝酒要適可而止啊，別影響明天的工作~」扮演明理的大叔。若想維持最低限度的交流，這是最適當的選擇。

第三種，靠清喉嚨或自言自語表示自己正在聽，想著「他們會不會也約我一起去呢好緊張喔」等待對方邀約。這是最糟糕的。不管下屬有沒有邀請自己，之後都很有可能召開「經理表現得超明顯……」「對啊。一直在看我們。」「那個人在場，酒都變難喝了——」「如果他能至少請個客倒是沒問題。」「收大叔的錢陪他聊天，這哪家夜店啊？」之類的說壞話大賽，被當成喝酒時的話題。到時只能騙自己「被下屬討厭也是上司的職責！」。

然而，可別小看我由比濱經理。

「不錯啊！好主意！啊，要去寵物公園嗎？爸爸負責開車吧！順便去購物中心買東西！回程泡個溫泉也不錯！」

以豐富的資金為基礎，提出競爭對手應該沒有的好處！故意提高興致講得激動一點，表現親和力！只要以開玩笑的方式加入對話，即使被下屬拒絕「呃我們沒有要約經理您去的意思」，也能拍拍額頭大笑著說「啊哈——！原來沒要約我啊——！」以掩飾尷尬。是能笑著把這件事帶過去的高等技巧！

好了，怎麼樣？爸爸長年來訓練出的啊哈哈大叔提案術……我觀察結衣的反應，她面色凝重，整個人傻眼。

「呃，我才不會跟爸爸一起去……」

啊哈——！原來沒要跟爸爸一起去嗎——！我大笑著拍拍額頭，手卻在舉起來的同時被妻子一把抓住。她把我拉過去，在我耳邊輕聲說道：

「對呀~怎麼能妨礙人家約會呢。」

不容忽略的一句話，伴隨甜美香氣及性感的吐息傳入耳中。

我因為過度震撼，發不出任何聲音，用視線詢問「什麼意思!?」，妻子板起臉，豎起食指斥責我。哈哈哈，我老婆是不是太可愛了？太可愛了，害我差點被敷衍過去。所以約會是怎樣？什麼意思？

我的嘴巴一開一合，尋求答案，眼神左右游移。然後看見蹲在地上摸酥餅，喃喃自語的結衣。

「甜點果然很難做。都不知道什麼樣的味道比較好。」

她的表情可以視為煩惱，可以視為樂在其中，也可以視為在思念心愛之人，是一抹淡淡的微笑。

啊啊，原來如此。我腦中只有這個想法。

本以為會產生更多情緒，本來還在擔心我八成無法維持平靜，我卻完全沒打算追根究柢，沒打算一開始就嚴正反對，沒打算去揍那個不知道是誰的傢伙，也沒打算調侃她。

看見那抹悲傷、平靜、幸福、溫柔的微笑，我一句話都說不出來。

——原來如此。妳真的真真切切地愛上了一個人啊。

我沒有發出任何聲音，只是將這句呢喃留在隱隱作痛的胸口。深吸一口氣，以掩飾想要吸鼻涕的行為，水蜜桃派濃郁甘甜的餘香盈滿胸膛。

平凡無奇的夜晚，我們每天都在待的客廳，全家並肩坐在一起的布沙發。

在如此理所當然的日常生活中流淚，太可惜了，因此我凝視著透出間接照明的柔光的天花板。淚水就留到更久以後的未來，女兒步入紅毯之時吧。

我緩緩吐出感傷的嘆息，以免被其他人發現，身側感覺到輕微的重量。用不著轉頭，從手臂傳來的體溫告訴了我，是妻子靠在我身上。

「不必著急，慢慢來就行。做點心的時候想著想讓他吃的人、希望他高興的人，到時自然就會變成屬於妳的味道。像這樣一步步做出最理想的成品，也是做甜點的樂趣喔。」

妻子平靜地對女兒訴說。不是平常那種溫柔寵溺的語氣，聽得出她很認真，彷彿要將重要的祕密魔法傳授給她。

「嗯~可是，難就難在那裡……」

結衣苦笑著撫摸丸子頭。柔和的笑容中，不只帶有喜悅、羞怯、靦腆這種可愛的感情，還蘊含令人揪心的悲傷及不甘。

妻子大概也察覺到她的憂鬱了。她輕聲嘆息，露出輕柔的微笑，恢復成平常軟綿綿的聲音。

「這個嘛~爸爸不愛吃甜食，卻喜歡我們家的蘋果派對不對~？」

「啊，嗯。經妳這麼一說，好像是。明明媽媽做的蘋果派那麼甜。」

「咦。」

……等一下？我不太喜歡吃甜食，所以由比濱家獨創的加蘭姆酒的微甜蘋果派，是我跟妻子一起研發出的味道才對啊？應該沒有愛吃甜食的結衣說的那麼甜……

我納悶不已，妻子將頭靠到我肩上，像個惡作劇成功的孩子般，愉快地笑著。

「所以，重要的是要慢慢來～在對方不會發現的情況下，慢慢增加甜度～」

「原來如此……」

結衣雖然表示理解。

「……那是訓練毒抗性的辦法吧？是忍者修行嗎？」

我苦笑著說，跟酥餅一起咬下餅乾。

或許這片餅乾、那塊水蜜桃派，總有一天味道也會產生變化。

總有一天，能變成屬於結衣的味道。

想著愛吃甜食的某人，不慌不忙，隨著時間經過，一點一滴地，逐漸跟對方一起創造她的味道。

肯定會甜得膩人。對我而言卻稍嫌苦澀……

——現在，我還無法喜歡上那股甜味。

× × ×

我迅速做完工作，離開公司。

剩下的工作和跟部下聊天都等明天再說，我快步走在東京站遼闊的大廳中。

可能是因為下班的時間比平常來得早，京葉線還不算太擠。我站在車門旁邊，得士尼樂園的夜景在窗外流逝而去。

以前我們常常三個人一起去的說……

買現在住的房子前，我們住在對一家三口來說有點小的公寓大廈，三個人擠在一起生活。妻子認真地張羅家計，存到目標金額時說要當成慶祝，一起去了得士尼樂園玩。

之後我也有了穩定的收入，就搬到新家，養了一直很想養的狗，偶爾還會全家出去旅行，不過，從什麼時候開始再也沒有一起去過得士尼了呢。好像是那孩子升上小學高年級，開始會跟朋友出去玩的時候。

與女兒共度的時間就這樣逐漸減少，等我發現時，應該會為女兒陌生的模樣大吃一驚吧。

感冒的頻率也降低了，學會染頭髮愛漂亮，開始做點心，談戀愛，然後……

我嘆出一口參雜哀愁的氣，拿出手機。

傳訊息跟家人說今天會比較晚回來，在前兩站下車。

妻子做的菜和女兒的手作點心我都愛吃，總是很期待，但昨天才發生那種事，我實在不想直接回家。

喝一杯再回去吧。

可是，我也沒心情去站著喝酒的酒吧或居酒屋。

我漫無目的地在路上閒晃，尋找有沒有哪家店看起來不錯，來到高級飯店林立的區域。

想獨自靜靜喝酒的話，飯店的酒吧或許是個好選擇。我心血來潮，衝進最近的飯店，按下電梯按鈕。

電梯抵達最上層。如同燭光的柔和微光，照亮寧靜的酒吧。其他客人零零散散地坐在裡面，整體上來說都很有格調，正在享受平穩的時光。

我不經意地聽著輕柔的爵士樂，選擇角落小小的吧檯座坐下。

除了我以外還有數名客人。

離我兩個位子遠的纖瘦男子手拿文庫本，單手拿著威士忌酒杯慢慢啜飲。那從容不迫的態度，散發出一股管理階級的氣息。只不過，梳成油頭的頭髮不時會掉下一撮瀏海，像簾子一樣，撥瀏海的動作有點粗魯，隱約看得出很久以前，他是個性格頑皮的人。

另一側，跟我隔了一個座位的地方坐著一名戴墨鏡的男子，沒剃鬍子，長度偏長的微捲黑髮翹得亂七八糟，感覺很可疑。他一口氣喝光高球，指著麥卡倫點了杯加冰塊的。在等待下一杯酒送上來的期間大吃花生，哼著歌滑平板。

年紀看不出來，不過這兩個人應該都跟我差不多大。

沒有任何雜音，只屬於大人的時間。

這種時候就是要喝不甜的酒。

我點了純飲的拉弗格四分之一桶，小口喝起來。因那嗆辣的獨特苦味滿足地吁出一口氣，香草般的清爽香氣忽然從鼻孔呼出。

好喝……我感慨地咕噥道，感覺到堵在胸口的情緒似乎在慢慢融化。

或許是因為如此，我才會反射性跟不認識的女酒保搭話。

「我女兒，可能交到男朋友了……」

我低聲咕噥，正在擦玻璃杯的女酒保停下手來。從那輕微的嘆息聲中，感覺得出她的困惑。看來是無法判斷我在自言自語，還是在跟她說話。

「這種時候，父親該怎麼做才好……妳覺得呢？」

「喔、喔……不、不知道呢……我、我認為默默在一旁守望最好……」

有著一頭黑中帶藍的頭髮的女酒保，不知所措地勉強擠出答案。乍看之下，她比我女兒大一點。應該二十歲左右。

害年輕女孩感到困擾，是大叔不該做的事。我傻笑了下敷衍過去。

「說得也是。抱歉，問了奇怪的問題。」

「不會……」

女酒保露出淡淡的苦笑，微微鞠躬，又開始擦玻璃杯。真對不起她……為了掩飾尷尬的氣氛，我再度小口喝起酒來。

正當我看著空空如也的酒杯，準備再點一杯時，一個杯墊忽然送到面前。

「這杯是教父（Godfather）。請用。」

抬頭一看，女酒保將威士忌酒杯放到杯墊上。正方形的冰塊浮在琥珀色液體上。我沒點這杯酒啊？我面露疑惑，女酒保默默指向我的右邊。

「那、那位客人……請的……」

她的臉紅到在暗處都看得出來。嗯，也是。實際講出這種裝模作樣的臺詞，有點難為情對吧。但她還是好好說出口了，我拿起酒杯，對她的專業意識表示敬意。

接著望向隔壁那位客人。

和我隔著兩個座位的油頭先生輕輕撥起瀏海，向我點頭致意。

「不好意思。我不小心聽見你們說話。不介意的話請用。我想請你一杯。」

理智的表情給人一種冷淡的印象，突然露出的苦笑，卻使他顯得比想像中還年輕。

儘管我從來沒遇過這種事，心懷感激地收下對方請的酒才有禮貌吧。我往旁邊移了一個位子，將酒杯稍微拿高。

「謝謝。我不客氣了。」

油頭先生笑著點頭回應，也往我這邊移近一個位子。不過，他突然面露憂鬱。

「我的女兒也跟我說……之後想介紹一個人給我認識……」

「……有點讓人承受不住呢。」

實際上，要是女兒對我講這種話，我還真不知道該怎麼反應。因為我連女兒有沒有男朋友，都怕得不敢確認。

看來身為父親，油頭先生比我高一個等級。我也該對偉大的前輩表示敬意。

「給這位先生一杯一樣的。」

過沒多久，威士忌酒杯便送到油頭先生面前。我們苦笑著拿起玻璃杯，輕輕互碰乾杯。

喝了一口，杏仁的香氣湧上鼻腔，接著是類似杏仁豆腐的甜味於口中擴散。這種調酒做法很簡單，只是把威士忌和杏仁酒加在一起攪拌，但光這樣就能調出濃郁的口感。

「與其說承受不住……該怎麼說呢。跟寂寞也有點不同。雖然我是真心為女兒的成長和她的幸福感到高興……」

「啊……確實不知道該怎麼形容。感覺像……喜悅的鬱悶。」

「嗯，就是那種感覺。」

油頭先生苦笑著緩緩喝了口酒。

「……跟酒保小姐剛才說的一樣，我們父親能做的，就是默默在一旁守望吧。」

「是啊……我們能做的，大概只有為女兒打氣……」

戀愛不講道理。夢想應該也是。不管我們再怎麼苦口相勸，女兒的心意都是屬於她一個人的，無法輕易改變。

不，是不容他人改變。假設有人想糟蹋女兒的心意，我八成絕對不會原諒。

因此，我們只能默默守望，為她打氣，當她們隨時可以回來的避風港。

脫口而出的是接近自言自語的呢喃。

我卻得到了回應。

「不，不對……你的做法是錯的。」

突然回答我的，是有點沙啞的聲音。跟油頭先生冷靜的語氣不同，懶洋洋的，毫無氣勢。

我反射性望向聲音來源，鬍子先生剛好咬碎嘴裡的花生。

「……父親該做的不是默默守望，也不是為女兒打氣吧。父親要擔任阻礙。為此制定各種計策。」

語畢，他揚起一邊的嘴角，露出嘲諷的笑容。鬍子先生發表完自己的意見後，吧檯座再度安靜下來。

是在跟我說話嗎……我不安地往旁邊看，油頭先生聳肩表示不知道。我接著望向女酒保，她正在專心地擦杯子。

……原來如此。是我嗎，也只有我了。看來只能由我去問了。

「那個，你說的制定計策，具體上來說是……」

我提心吊膽地詢問，鬍子先生一副「問得好」的態度，清了下喉嚨。然後摸了鬍子一把，得意洋洋地開口。

「先準備一個長男。」

「第一個步驟就遇到瓶頸了……我家只有一個女兒……」

「啊，這樣啊……交給長男負責監視和防禦，是最能放心的……那沒辦法。換一招好了。」

鬍子先生陷入沉思，兩手一拍。

「總之，一輩子堅持『我絕對不會同意！』就行了吧？雖然不知道有沒有用。」

「根本稱不上計策……」

在旁邊聽著的油頭先生啞口無言。我也愣住了，但我猛然回神，嘗試與鬍子先生對話。儘管他的主意隨便到不行又荒謬得要命，從心情上來說，我也不是不能理解，這才最讓人頭痛。

「不，那個，說是這樣說，也要顧慮到女兒的心情……」

「父親的心情就不用顧慮了嗎！」

「呃這個人帶著好認真的表情扯歪理……是、是啦，父親的心情確實也很重要……」

你的反應跟《來自北國》中田中邦衛看見小孩的拉麵被店員收走時一樣，害我差點被說服……鬍子先生大概是看我被震懾住，判斷這是個好機會，繼續發動攻勢。

「因為我反對就放棄的話，代表他們之間的愛也只有那個程度。無論如何都不可能進展順利。既然如此，不管三七二十一先一概否定，拚命反對，這也叫父母心吧。」

「這樣在我的公司可是職權騷擾喔！」

「放心放心，在我這邊不僅勉強算在安全範圍內，甚至是新人培訓的一環。」

鬍子先生輕浮地大笑。這人沒問題嗎？感覺不是什麼正經的工作耶。做這種事在我們公司會直接違規，被人寄匿名投訴信到人事部的諮詢室喔……糟糕，他不是正常人……我向後縮去，想跟他稍微拉開距離，油頭先生從我身後探出頭。

「……原來如此，聽起來有點道理。」

呃這人怎麼這麼感興趣。剛才鬍子先生說的話他明明都沒在聽，現在卻抱著胳

膊頻頻點頭。我知道了，這人也不是正常的員工對吧？難怪我覺得他莫名有種知性派黑道的感覺～

我感到恐懼，這時鬍子先生收起笑容，望向遠方。沒啦他戴著墨鏡所以我根本看不出來。

「為了女兒的幸福，被討厭到什麼地步都沒關係。父親不就是這樣嗎？而且阻礙愈大，兩人之間的愛也會燃燒得更劇烈吧？愈是掙扎、煩惱、痛苦，就會愈認真投入……」

他轉著威士忌酒杯，凝視琥珀色的液體，語氣溫柔得跟剛才判若兩人。

「……我們不也一樣嗎？我也不確定就是了。」

他揚起一邊的嘴角，露出嘲諷的笑容，這句話卻不帶諷刺的意思，甚至給人一種親切感。我們今天是第一次見面，卻有種在分享回憶的感覺。

因此，我忽然想起。

半夜跟她講電話講很久時，從電話另一端遠遠傳來的不悅聲音。

送她回家時，我們捨不得分別，在門口聊天，他總會擺著一張臭臉進進出出。

正式登門拜訪時，一見到面就迅速離開的背影。

現在的他雖然只是個溺愛孫女到不行的好爺爺，當時「女兒的父親」對我而言，確實是一道擋在面前的高牆。

看來想起那段回憶的不只有我，旁邊的油頭先生也忍不住笑出來。我和油頭先生反射性望向彼此，不禁苦笑。

「給那位先生，」

「一杯一樣的。」

我們異口同聲地請了鬍子先生一杯酒。

「啊，真不好意思。我不客氣了。」

酒送到鬍子先生面前，我們沒有說話，默默舉杯相碰。為戰場不同、陣營相同的戰友乾杯。我們沒有交談，慢慢小口喝著酒，我的手機震動起來。

拿起來一看，是妻子傳的 LINE。一個字都沒傳，只有一張照片。我點開圖放大，是穿圍裙的結衣把派送進烤箱的照片。她今天好像也要做甜點。

……現在回去來不來得及吃到剛出爐的啊。

我坐立不安地想著，聽見拉開椅子的聲音。往旁邊一看，鬍子先生從椅子上站了起來。他一口把酒喝光，滿足地吐氣。

「那我該走了。謝謝兩位招待的教父。」

他點頭行了一禮，呼喚女酒保。

「麻煩幫我結帳。啊，還有老樣子的那個。可以給我三人份嗎？」

「……好的。」

女酒保雖然板著一張臉，還是在輕聲嘆息後從身後的冰箱拿了飲料出來。

「這東西拿來醒酒正好，我就請店家進貨了。不介意的話請用。」

隨著鬍子先生這句話送上桌的，是罐裝咖啡。我對這個以黃色及黑色為主的時尚包裝有印象。雖然不常喝。只記得它甜到不行。

「ＭＡＸ咖啡啊。真懷念……包裝換了呢。」

油頭先生拿起罐裝咖啡，高興地微笑。我心想「呃，我跟它的包裝不熟……」跟著拿起ＭＡＸ咖啡。嗯，包裝是很可愛啦。

我仔細觀察罐身，鬍子先生好像在這段時間結完帳了，對我們揮了下手。

「那，下次見。」

不知道對方的名字和聯絡方式，卻是期望再會的道別。明明我們恐怕再也見不到面，但我覺得這樣就行了。我和這兩個人，都僅僅是在這個地方巧遇，不過只要知道大家都是深愛著女兒的父親就行了。

正因如此，油頭先生才會面帶柔和的微笑吧。

「那麼，下次見。」

「嗯，下次見。」

明知這是不會實現的願望，我也跟他們一樣這麼回答。三個人都各自露出苦笑。

鬍子先生離開了，過沒多久，油頭先生也起身離席。

在那之後，我也離開酒吧。應該是大家都有特別注意，免得在帥氣地告別後，一到外面就撞見。走往車站的途中，也沒看見他們的影子。

我們三個住的地方方向似乎也不同，在車站月臺同樣沒看見他們。

等電車到的期間，我傳 LINE 告訴妻子「我快到家囉」，將手機收進公事包。然後碰到冰冰涼涼的物體，拿出來一看，是鬍子先生請的ＭＡＸ咖啡。上次喝是什麼時候的事啊？我一面回憶，一面拉開拉環，仰頭喝了一口──「好甜……」

比想像中甜七兆倍。我忍不住重看一次成分表。咦，這東西原來這麼甜嗎!?剛才我還在喝以威士忌為基酒的調酒，所以顯得更甜了……

……嗯，好吧，其實不錯啦，我不討厭。習慣後喝起來也不差。是說，長年來的調教，搞不好讓我變得挺愛吃甜食的。

未來的事情沒人知道，然而只要花時間慢慢前進，就會有所改變。女兒的戀情跟未來，大概也一樣。我懷著這種天真的想法，咕嘟咕嘟喝著ＭＡＸ咖啡。

加糖煉乳和砂糖通過喉嚨後，才終於嘗到咖啡的味道。

甜得要命，卻帶有淡淡的苦澀。

──總覺得有一天，我能喜歡上那股甜味。

完

Author's Profile

白鳥士郎
Shirow Shiratori

作家。著作有《らじかるエレメンツ》、《農林》、《龍王的工作！》等等。

川岸毆魚
Ougyo Kawagishi

作家。著作有《邪神大沼》、《人生》、《編集長殺し》等等。

田中羅密歐
Romeo Tanaka

作家、腳本家。擔任《CROSS · CHANNEL》等多款遊戲的腳本家。著作有《人類衰退之後》、《AURA ～魔龍院光牙最後的戰鬥～》、《マージナルナイト》等等。

境田吉孝
Yoshitaka Sakaida

作家。著作有《夏の終わりとリセット彼女》、《青春絶対つぶすマンな俺に救いはいらない。》等等。

八目迷

Mei Hachimoku

作家。著作有《通往夏天的隧道，再見的出口》、《在昨日的春天等待你》等等。

渡航

Wataru Watari

作家。著作有《あやかしがたり》、《果然我的青春戀愛喜劇搞錯了。》等等。另外在《Project QUALIDEA》計畫中，負責撰寫作品及動畫版腳本。

水澤夢

Yume Mizusawa

作家。著作有《我，要成為雙馬尾》、《4 cours after 四季之後》、《SSSS.GRIDMAN NOVELIZATIONS》等等。

後記（川岸毆魚）

《果青》的各位讀者，大概是第一次見面吧。我叫川岸毆魚。

在陣容如此豪華的短篇小說集中，請容我默默占走末座的位置……我這人沒沒無聞到不行，儼然是妖怪沒沒無聞，應該有很多人不認識我。機會難得，我想利用後記的篇幅做個自我介紹。話雖如此，也只有一頁給我寫，所以我只講個大概。記住這個重要的部分即可——川岸毆魚跟渡航是同期出道的！

只要記住這一點，我就很高興了！在記住這一點的前提下，想說「這人跟渡老師是同期，要不要去看一下他寫的書」，或者產生「這人跟渡老師同期出道，搞不好是同一個人」的誤會。我會期待的。先不說這個了，正式祝賀《果然我的青春戀愛喜劇搞錯了。》完結！渡航老師、各位相關人士，以及各位讀者，辛苦了！

期待渡航老師下一部能再讓我跟人炫耀我和他是同期的新作！

後記（境田吉孝）

初次見面。或者說好久不見，我是境田吉孝。

本書集合了這麼多知名作家，而且還是我從十幾歲的青春期開始就崇拜不已的作家，卻混入我這個毫無知名度的人，我正在為此感到恐懼。

我第一次看《果青》是在十八歲的時候。對我這個從來沒認真想過要當作家的純樸中二文學少年而言，不用講都知道，我對果青產生了「啥？這個主角根本是我耶？八幡 is 我。我超像八幡的……」某種典型沉迷現象。沒朋友、沒有中二能力，也沒有超強外掛，卻坦蕩蕩過著生活的比企谷八幡，在當時的我眼中無疑是英雄。

寫這篇短篇小說時，我重看了一遍果青，想起曾經的少年時期，於是寫了這樣的故事，各位覺得如何呢？跟我同世代的果青粉絲——當然，除此以外的讀者們也是——若能看得開心，是我無上的幸福。今後也一起永遠愛著果青吧。那麼再會。

後記（田中羅密歐）

恭喜果錯（我專用的簡稱）完結。

上一集好像也寫了同樣的賀詞，不過可喜之事祝賀幾次都不夠。

話說回來，本作的主角八幡愛喝ＭＡＸ咖啡，我也是徹頭徹尾的咖啡派，大概是職業的關係。

主要目的是咖啡因，我又喝不出豆子的好壞，所以對味道沒有太多要求，但我寫作的時候必備咖啡。

這集裡面收錄的不曉得是哪一篇，總之我寫的短篇裡，有八幡同學拒絕進星巴克的劇情，但我自己非常喜歡那類型的店，經常去消費。只不過，我寫作的時候想起一個小小的心靈創傷。

忘記是不是星巴克了，很久以前，我進了氣氛相似的咖啡廳，在指定尺寸時說要「中杯」，結果發生什麼事呢！店員竟然瘋狂問我「Tall 是嗎？」。

「中杯。」「是 Tall 嗎？」「對，中杯。」「Tall 差不多這麼大杯。」「中杯……」「Tall……」

當時自尊心高的我死都不想講出「Tall」這種庸俗的詞彙，一下就被逼入絕境，害我有段時間不敢踏進這種路線的咖啡廳。

現在嗎？我會用接近母語等級的發音講出「TALLSIZE！」點餐。

後記（八目迷）

各位讀者初次見面。我是八目迷。

我至今依然無法相信，像我這種沒人聽過的新人作家，能參與這本陣容過於豪華的短篇小說集。到底發生什麼事？一面對現實，我怕我會戰戰兢兢到半個字都寫不出來，所以我要稍微回顧一下過去。

我是在高中的時候遇見果青。對於過著無聊學校生活的我來說，果青無疑是一個依歸。尤其是比企谷八幡對我帶來的影響，根本無法計算。

與許多人一樣，我也經常為孤獨所苦，也經常哀嘆「我這種人是不是最好不要存在」。但那個時候，八幡所說的話會掠過腦海。「為什麼不能認同此時此刻的自己」、「我絕對不會說孤零零一個人是種罪惡」。以孤獨為傲的他說過的話，不曉得給了我多少勇氣！

謝謝果青。還有比企谷八幡。從今以後，你也會是我心目中的英雄。

最後，誠心感謝給予我這個千載難逢的機會的渡航老師。

後記（水澤夢）

繼雪乃篇後，我接著（不如說是同時）還寫了結衣篇。我是水澤夢。

如果有讀者只買了這一本，雪乃篇也請多多支持。

果青的魅力之一，是充滿愛的豐富千葉梗。

千葉縣的話，我這個鄉下人最近只去過幕張新都心的東映英雄樂園（現在閉館了），連這麼不了解千葉的我都會被千葉梗逗笑，我覺得很厲害。因此我也試著把個人喜歡的千葉梗加進短篇裡。

順帶一提，我住的青森縣裡面，我喜歡「喵哥史達」這個會打鼓的吉祥物。跟千葉君一樣是紅色。這次寫的是YouTuber的故事，果青的動畫三期也開播了，希望真的能做出他們的模組表現一番。

那麼，若能多少傳達出由比濱結衣這位活潑開朗的女角的魅力就好了……除了我的作品外，這本書還有收錄許多優秀的短篇，各位果青讀者可以把感想信、粉絲信寄到GAGAGA文庫，讓短篇小說集出到第五彈第六彈。

如果能再次接到邀約，到時我想以戶部翔為主角寫個四十頁。

後記（渡航）

各位好，我是渡航。

我今天也在這個地方，東京神田神保町的小學館寫後記……

再也沒機會寫後記了……我也曾經這樣想過。

前幾天，我寫完《果然我的青春戀愛喜劇搞錯了。短篇小說集》1&2，本想留下一句「Catch me if you can！」颯爽離去，搞不好我說成了「Killing me softly」。聽起來很接近，所以我講錯了吧……

從現在開始，我要豎起大拇指說「I'll be back！」颯爽離去。因為明天我就會回來！

至於原因，《果然我的青春戀愛喜劇搞錯了。》還有一小段路要走……

雖說故事已經告一段落，他們她們的人生、世界並未因此結束，瑣碎的日常、遙遠的未來、從未見過的過去，抑或是毫無關聯的一幕，至今仍然會在不經意的瞬間浮現腦海。

這種時候，不管我有沒有寫出來，我都會隱約有種「他們她們的生活還會持續下去呢」的感覺。

所以，我非寫不可……在焦躁感的驅使下，明天我也會來到這個地方。後天、大後天、大大後天大概也會來。

假如在未來的每一天中，又發現了什麼新事物，也想給各位看看。

……雖然沒人知道未來會發生什麼事啦！畢竟會不會有明天都無法確定！

〈總覺得有一天，我能喜歡上那股甜味。〉就是這樣誕生的。

跟《果然我的青春戀愛喜劇搞錯了。短篇小說集1　雪乃ｓｉｄｅ》裡面的〈於是，新的敵人現身於他面前。〉一起看的話，會有更多的樂趣，所以第一集也麻煩大家多多支持囉！不如說每一集都請大家多多支持。拜託！哎呀，說實話真的很猛。超猛。猛到爆。這個短篇小說集企劃太扯了。扯爆……

這是果青完結時，我想著總有一天要嘗試看看的幻想般的企劃，一言以蔽之，就是最終幻想。若要我說明是什麼樣的內容，是將「想請這些人來寫——」的腦內選拔會議付諸實行的東西，簡單地說就是想試組一隊棒球隊。我想這句話就能大致解釋清楚。

《果然我的青春戀愛喜劇搞錯了。》短篇小說集，是預計總共會出四集的超荒謬企劃。除了結衣ｓｉｄｅ外，還有雪乃ｓｉｄｅ、allstars、onparade，集齊四本看著它們竊笑吧！我已經在竊笑囉！

以下是謝辭。

川岸毆魚老師、境田吉孝老師、白鳥士郎老師、田中羅密歐老師、八目迷老師、水澤夢老師。

我將感謝之外的感情全數拋棄了。只記得「謝謝」這句話。不過看見各位的大作時，溫暖的心情在內心萌生，理應已經失去的心重新復甦，湧現感動及感傷之情。明明想將這些作品的美好化為言語，我的表達能力卻還是死的。爆炸有趣的。真的十分感謝。

うかみ老師、U35老師、春日步老師、くっか老師、クロ老師、しらび老師、戶部淑老師。

我是感動果實能力者，所以嘴巴打開只會講「好感動」這句話，真的很抱歉，謝謝您們感人可愛美麗的插圖。每看一次我都覺得心情祥和，被愛籠罩著。拜各位所賜，鳥兒歌唱、花朵盛開、世上沒了紛爭。整個充滿愛與和平耶？太棒了。在此致上謝意。

ponkan⑧神。

神真的太神了。封面不只是冠軍，根本稱霸世界了吧……神真的無論何時都是最讚的！一直以來謝謝您！未來也要請您多多指教！

責編星野大人。

感謝您實現了兩個月共出四本書這個可怕的企劃。以後也繼續做可怕的事吧！放心，下次一定能輕鬆搞定啦！呵哈哈！

GAGAGA編輯部的各位，以及同樣提供諸多協助的各家出版社。都是託各位的福，本企劃才能成立。十分感謝各位向各作家、插畫家邀稿，協助編纂本書。在此跟於百忙之中抽空參與本企劃的您們致上深深的謝意。

以及各位讀者。

多虧有您們的支持，《果然我的青春戀愛喜劇搞錯了。》才能衍生出這本短篇小說集，或者在其他媒體上發展，至今仍然持續擴展著它的世界。因為有你，才有果青的存在。若未來也能跟各位一起享受果青的世界，是我無上的喜悅。現在先看動畫吧！一起欣賞四月開播的「果青完」吧！詳情請上官方網站確認！真的非常感激。今後也請多多指教！

接下來讓我們在《果然我的青春戀愛喜劇搞錯了。allstars》見面吧！

三月某日　邊看每週四的深夜劇邊喝ＭＡＸ咖啡醒腦　渡航

浮文字

果然我的青春戀愛喜劇搞錯了 短篇小說集（3） 結衣side
（原名：やはり俺の青春ラブコメはまちがっている。アンソロジー（3） 結衣side）

作者／渡航 等人　封面插畫／ponkan⑧ 等人　譯者／Runoka
執行長／陳君平　榮譽發行人／黃鎮隆
協理／洪琇菁　國際版權／黃令歡、高子甯、賴瑜鈐
執行編輯／石書豪　美術主編／李政儀

出版／城邦文化事業股份有限公司 尖端出版
臺北市南港區昆陽街十六號八樓
電話：（〇二）二五〇〇七六〇〇　傳真：（〇二）二五〇〇二六八三
E-mail：7novels@mail2.spp.com.tw

發行／英屬蓋曼群島商家庭傳媒股份有限公司城邦分公司　尖端出版
臺北市南港區昆陽街十六號八樓
電話：（〇二）二五〇〇—七六〇〇（代表號）
傳真：（〇二）二五〇〇—一九七九

中彰投以北經銷（含宜花東）／楨彥有限公司
電話：（〇二）八九一九—三三六九
傳真：（〇二）八九一四—五五二四

雲嘉經銷／智豐圖書股份有限公司 嘉義公司
電話：（〇五）二三三—三八五二
傳真：（〇五）二三三—三八六三

南部經銷／智豐圖書股份有限公司 高雄公司
電話：（〇七）三七三—〇〇七九
傳真：（〇七）三七三—〇〇八七

一代匯集／香港九龍旺角塘尾道六十四號龍駒企業大廈十樓B&D室
電話：（八五二）二七八三—八一〇二
傳真：（八五二）二七八二—一五二九

馬新經銷／城邦（馬新）出版集團 Cite(M)Sdn.Bhd.
E-mail：Cite@cite.com.my

法律顧問／王子文律師 元禾法律事務所
台北市羅斯福路三段三十七號十五樓

二〇二一年六月一版一刷
二〇二四年三月一版三刷

■中文版■

郵購注意事項：
1. 填妥劃撥單資料：帳號：50003021戶名：英屬蓋曼群島商家庭傳媒(股)公司城邦分公司。2. 通信欄內註明訂購書名與冊數。3. 劃撥金額低於500元，請加附掛號郵資50元。如劃撥日起 10～14日，仍未收到書時，請洽劃撥組。劃撥專線TEL：(03) 312-4212 ・ FAX：(03) 322-4621。E-mail：marketing@spp.com.tw

國家圖書館出版品預行編目資料

果然我的青春戀愛喜劇搞錯了短篇小說集. 3, 結衣side / 渡航 著 ; Runoka譯 . --初版.
--臺北市：尖端出版, 2021.06　面 ; 公分. --(浮文字)
譯自: やはり俺の青春ラブコメはまちがっている。
アンソロジー 3：結衣side
ISBN 978-626-306-866-7(平裝)

861.57　110006675